新潮文庫

7番街の殺人

赤川次郎著

新潮社版

11248

目次

7番街の殺人

プロローグ

朝から降り続いていた雨は、午後三時ごろには上っていた。

しかし、大気はずっと湿り気を帯びて冷たく、夜は底冷えのする寒さとなった。

「ああ……。やっとか」

思わずそう口をついて出た言葉は白い息となって、北風に流されて行った。

闇《やみ》の奥に、団地の明りが見えて来た。——三枝勇介《さえぐさゆうすけ》は駅から三十分以上の道を歩いて、団地の中の自宅に帰るところだ。

全く……。最終のバスが駅前を八時五十分に出るというのだから。せめて九時半くらいまでは走ってほしい。

文句を言いたくても、確かにこんな遠くの団地に乗って来る客は少ないだろうし、バス会社としては採算の取れない路線に、そう遅くまでバスを走らせるわけにいかないのだろう。

最寄駅からでも一時間半をかけて都心まで通勤している三枝は、あの灯の見える団地には少ない、大手企業に勤めるサラリーマンである。

今、三十七歳。社宅は家族持ち優先なので、独身、一人暮しの三枝にはなかなか回って来ない。

結局、会社から出る〈住宅手当〉の金額ぎりぎりの所で借りられたのが、あの寂しい団地の一室だった……。

いい加減くたびれていた足取りが、団地の建物が見えて来ると少し元気を取り戻した。

かなり古い団地なので、四階建の棟が三つずつ三列に並んでいて、エレベーターはついていない。

駅から歩いて来ると、一番近いのが〈9〉の文字が壁面に見える9号棟。道沿いに〈8〉〈7〉と並んでいる。

三枝の部屋は4号棟なので、9号棟と8号棟の間を入って行く。

もう十時近く、明りの消えた窓も少なくなかった。

やっと帰って来た……。毎日が、ちょっとした小旅行である。

人気《ひとけ》のない歩道を、4号棟に向って歩いて行くと……。

7号棟から急にフラフラとよろけるように出て来た人影がある。女だ。

何だか歩き方が変だな、と思ったとたん、その女が道に膝《ひざ》をついて倒れた。三枝はびっくりして、

「どうしました？」

と、声をかけた。

少し離れていて聞こえなかったのかと、足早に近付いて、もう一度、

「どうかしましたか？」

と呼びかけると、女は顔を三枝の方へ向けて、

「お母さんが……」

と、震える声で言った。

「お母さん？」

「お母さんが……死んでるんです」

三枝は耳を疑った。突然「死んでいる」と言われても、理解できなくて当然だ。

「ともかく――立って。立てますか？」

女は、見たところ二十四、五だろうか、セーターとスカートという格好で、よろけ

るように立ち上った。

しかし、そのままた倒れそうになって、三枝はあわてて彼女の体を支えた。

「危い！　大丈夫ですか？」

「お母さんが……」

と、女はくり返した。

「救急車、呼びましたか？　どの部屋ですか？」

三枝が訊《き》くと、女はやっと少し立ち直ったようで、

「ここ……7号棟の〈302〉です。厚木《あつぎ》といいます」

「〈302〉ですね。誰か呼びました？」

「いえ……。今、見付けてそのまま飛び出して来たので……」

「そうですか。じゃあ……部屋へ行ってみましょう。救急車を呼ぶとか——」

「むだだと思います」

と、女は首を振って、「でも——やっぱり一一〇番しないと」

「警察ですか。救急車じゃなくて？」

女は、まだ半《なか》ば放心したような目で三枝を見ると、

「だって……お母さん、殺されてるんですもの」

と言った。

——半信半疑で、三枝は階段を上り、〈３０２〉のドアまでやって来た。ドアは閉っている。自動的に閉るドアではない。

「私……閉めたかしら」

と、女は言った。「憶《おぼ》えてない」

「そうですか。でも——他に誰か？」

「いえ……。母と私だけです」

表札には〈厚木〉とあって、その下に小さく〈邦子《くにこ》・佑香《ゆか》〉と書き添えてある。

「あなたが佑香さん？」

「そうです」

ここまで来たら仕方ない。三枝はドアをそっと開けた。

正直なところ、この若い女の言うことが本当かどうか、疑っていたのである。殺されてるなんて……。そんなこと、身近で起きないだろう。

三枝はつい、

「失礼します」

と言ってさえいたのだ。

玄関には女物の靴が二足。一足は両方とも引っくり返っている。

「ええと……」

三枝は、女の方を見た。

「上った正面の……リビングに」

三枝の部屋と感じは似ているが、むろんこっちの方が広い。

リビングのドアは半ば開いていた。明りも点《つ》いたままだ。

「どうも……」

と言いながら、三枝は首を伸して中を覗《のぞ》いた。

右手にダイニングとキッチン。リビングは四畳半くらいの広さだろうか。小さなソファとテーブルで一杯という感じだった。

「何もないじゃありませんか」

三枝はホッとして言った。「夢でも見てたんじゃ？」

しかし――女はソファの向う側を指さした。そして、三枝も初めて気付いた。ソファの奥に、白い足だけが見えている。

では本当に？

三枝は、ソファとテーブルの細い隙間《すきま》をそっと進んで、それを見付けた。

確かに、救急車はむだだったろう。

血だまりの中に仰向《あおむ》けに倒れているのは、エプロンをつけた女性で、胸が大きく切り裂かれていた。

本当だったんだ……。

三枝が、気を失うとか貧血を起すことがなかったのは、厚木佑香という女が、三枝の腕をギュッとつかんで放さなかったからだ。

「じゃあ……一一〇番しましょう。電話は？」

「そこに……」

すぐ目の前のサイドテーブルに電話が載っていたが、気付かなかった。

何かしている方がいい。――三枝は一一〇番へかけて、

「人が殺されています」

と告げ、住所も言った。

「――すぐパトカーが来ますよ」

受話器を戻して言うと、「ええと……僕もいた方がいいですね」

「お願いします！」

と、厚木佑香は心細げに言うと、三枝の腕をギュッとつかんで、体を押し付けるよ

うに、すがりついて来た。

こんな時ではあるが、三枝は初めて味わう女の体の柔らかさと、熱い体温を感じてドキドキしてしまった。

むろん、このときには三枝はまだ、自分がこの若い女と結婚することになるとは、考えてもいなかったのである……。

1 不在

玄関を上って、そっと台所を覗くと、流しに向って立っている母の背中が見えた。

すると、まだ何も言わないのに、背を向けたまま、母が、

「珍しいじゃないの、こんな時間に」

と言ったので、彩乃《あやの》はびっくりしてしまった。

「お母さん……。背中に目があるの？」

母、佑香は笑って振り向くと、

「目の前のステンレスにちゃんと映ってるわよ」

と言った。

「なあんだ。超能力があるのかと思った」

彩乃は台所へ入って来て、「夕ご飯、なあに？」

「昨日のシチュー。余ってるんでね」

「食べたい。六時ごろできる？」

ラフなジーンズの彩乃は、ダイニングの椅子《いす》を引いて座った。

「食べたいなら手伝いなさい」

と、佑香は言った。「カレー用の器、出して。二つ」

「うん」

と、娘は立ち上って食器戸棚の扉を開けると、「――お父さん、帰って来ないの？」

「さあね」

と、佑香が素気《そっけ》なく言った。「お茶でいい？」

「うん。――お父さん、またあっち？」

「言ってどうなるものでもないわ」

ガスの火を点ける。

「もう……何日も？」

「二、三日すれば帰って来るわ。あっちじゃ洗濯もしないでしょうからね」

「そう……」

——三枝彩乃は今、十九歳。

母、佑香は四十六になったところだ。

温めたシチューを、カレーみたいにご飯にかけて、大きなスプーンで食べる。

「——もう少し、ゆっくり食べなさい」

と、佑香は苦笑する。

「くせになってんの、早食いが」

「今夜はどうするの？　泊ってく？」

「明日、朝早く稽古《けいこ》場《ば》に行かないと……」

真直《まっす》ぐに返事しないのは、彩乃としても、少しは後ろめたい思いがあるからだ。

「じゃ、お風呂《ふろ》ぐらい入ってけば？」

と、佑香は言ったが、

「湯冷めして、却《かえ》って風邪ひくよ」

「それもそうね」

母と娘は、少しの間黙って食べていた。

彩乃は、この二階建の小さな建売住宅で育った。二階には彩乃の部屋もそのままになっている。

いや、別に彩乃は結婚して家を出たわけではないので、本来ならこの家に暮しているはずなのだ。

「彩乃。――その劇団の人と、どうなってるの？」

と、佑香が訊く。

「どう、って……。別に……」

「一緒に住んでるんでしょ？　そっちでお風呂に入るのね。まあ……いいけど。子供できないように気を付けてね。あんた、まだ十九なんだから」

彩乃は少し迷ってから、

「大丈夫だよ」

と言った。

今さら、母に嘘《うそ》をついても仕方ない。

「四十六で一人暮しになるとは思わなかったわ」

と、佑香は早々に食事を終えた。「それだけで足りるの？」

「夜遅くなったら、適当にラーメンでも食べる」

「安いものばっかり食べてちゃだめよ。後になって体に出るわ」

「うん……」

彩乃は大学に入ったものの、演劇部での公演に客演した、先輩の役者の男性に誘われて大学を中退、今は劇団の研究生だ。

小さな劇団なので、若い彩乃は何でもやらねばならず、ほとんど稽古場に寝泊りしていた。そして――その役者のアパートにも。

「お父さん……いつから？」

と、彩乃は食事を終えて、お茶を飲みながら言った。

「半年くらいかしら」

と、佑香は言った。「仕事で会った人みたいよ」

「お父さん、もうじき定年でしょ？」

「今、五十八だから、あと二年ね」

「五十八か……。よくその年齢《とし》で……」

と言いかけてやめる。

父、三枝勇介はごく普通のサラリーマンだった。

真面目《まじめ》に働き、四十代で課長にもなった。当人は、そのまま定年まで会社にいられると信じていたのだ。

ところが、彩乃が中学生になるころ——五十を過ぎた三枝は、突然関連会社への出向を命じられた。珍しい話ではないが、三枝はかなり落胆した。

そして、出向した会社は、三枝と同年代か年上の人間ばかりで、大した仕事もなく、みな定年を待つ身なのだった。収入は三分の二くらいになってしまった。

要するに、中年過ぎの、給料の高い人間を関連会社に送り込んで、人件費を節約しようとしていたのだ。

しかし、三枝にとっては給料が減ったことよりも、仕事にやりがいが感じられないことの方が応《こた》えた。

彩乃もよく憶えている。十五、六のころ、父が急に毎日酔って帰るようになり、以前には決してなかったこと——母に手を上げるようになった……。

そうひどい暴力をふるったわけではないが、同時に父は以前、仕事で知り合った女性と付合い始め、時々帰って来ないこともあった。

彩乃は詳しいことを知らないが、父の「彼女」も、二人、三人めと替っているらしい。

「ちゃんと定年まで勤めるかなあ」

と、彩乃は言った。

「そうでないと困るわね」

と、佑香は言って、「お金、足りてる?」

「ああ……。稽古に入ると、バイトができなくなるから……」

と、口ごもる。

「待って」

佑香は引出しから財布を出して、「二万円、持って行って。この間、お父さんが黙って持ってったから、これ以上ないの」

「うん、いいよ。ありがとう」

彩乃はもらったお金を小さくたたんで、ポケットへ入れた。そしてふと、

「お母さん……。光の具合かな。白髪がある?」

「何言ってるの」

と、佑香は笑って、「白髪なんて、とっくにあるわよ。これでも染めてるのよ」

彩乃は、胸をつかれた。——その母の白髪の原因に、自分も責任があるのだ。

「——私、泊ってこうかな」

と、彩乃は言った。

「そう? たまにはいいわよね」

佑香が嬉《うれ》しそうに言って、「じゃ、コーヒーでも淹《い》れましょうか」

と、立ち上った。

その弾むような声に、彩乃は母がどんなに寂しい思いをしているか、痛いほど感じた。


久しぶりに我が家の風呂に入り、彩乃はパジャマ姿でリビングを覗くと、

「お母さん、お風呂」

と、声をかけた。

佑香は、もうずいぶん古くなって、角のすり切れたソファに座って、ウトウトしているようだった。

「お母さん」

と、彩乃は笑って、歩み寄ると佑香の肩を叩《たた》いた。「起きて。お風呂」

しかし――佑香は目を覚まさなかった。そして、そのままゆっくりと横に倒れた。

一瞬、立ちつくして、

「――お母さん！」

と叫ぶと、彩乃は自分もめまいがしてよろけた。

お母さん。——お母さんがおかしい。

「救急車。——一一九番だわ」

リビングの隅に、ほとんど使わなくなった埃《ほこり》だらけの電話がある。彩乃は受話器を取ったが、取り落としてしまった。

「しっかりして！　落ちついて！」

何とか一一九番へかける。今度は家の住所がなかなか思い出せなかった。それでも出た相手が、

「よく分ります。落ちついて下さい。ご自宅ですか？」

と、穏やかに訊いてくれて、何とか思い出すことができた。

ああ……。お母さん！

佑香は横倒しになったまま、かすれたような息の音をたてていた。

そうだ。——お母さんについて行かないと。

彩乃は急いで二階へ駆け上ると、パジャマを脱ぎ捨て、帰って来たときの格好に戻った。

ケータイをつかんで階段を駆け下りる。

そこに、父が立っていた。

「——何だ。帰ってたのか」

コートを脱ぎながら、三枝勇介は言った。

顔が赤く、酒くさい息をしていた。

「お父さん……」

「どこかへ行くのか」

「何言ってるの！　お母さんが倒れたんだよ！」

怒りがこみ上げて来て、彩乃はつい怒鳴ってしまった。

「倒れた？」

三枝は少しポカンとしていたが、リビングを覗いて、「寝てるだけじゃないのか」

「そう思う？」

彩乃は深く息をついて、「今、救急車が来る。この近くの病院、受け入れてくれるかな」

「そうか……。そう顔色は悪くないけどな」

「私がついてくから。お父さん、後で来て」

「ああ……」

三枝はネクタイを外すと、「いつ、倒れたんだ？」

「ついさっきよ。私がお風呂から出て来ると……」

彩乃は当然のことながら、険しい表情をしていた。三枝は、

「俺をにらむな」

と、目をそらして、「母さんは疲れてたんだ」

「当り前でしょ！　お父さんが何日も帰って来なけりゃね」

「おい。お前だって、ずっと帰って来てないじゃないか。母さんが、どんなにお前のことを心配してたか――」

言い争っているときじゃない。分ってはいても、彩乃は父の言葉にカッとなった。

「夫と娘じゃ違うでしょ！」

と言い返した。

そのとき、彩乃のケータイが鳴った。彩乃は、

「外へ出て救急車を待ってる」

と、足早に玄関から表に出た。「もしもし」

「今、どこなんだ？」

と、男の声が言った。「稽古場の電球、替えないと」

「ごめんなさい！」

彩乃は周囲を見回した。救急車はどれくらいで来るのだろう？

「今、家なんです。母が倒れて、救急車を待ってるところで……。すみません、うっかりしてました」

「それは大変だな。分った。こっちで何とかする」

「すみません」

「明日の稽古、来られるか」

彩乃はハッとした。

「母の病状次第で……。連絡します」

「そうだな。しかし、お前がいないと……。一日ぐらいは何とかなるが、早めに手を打つ必要がある。分るだろ」

「はい。――すみません」

私は役者だ。何があっても、舞台を休むわけにいかないのだ。

もちろん、研究生の彩乃にそう大きな役が回って来ているわけではない。しかし、ちゃんとセリフも役名もあるのは抜擢《ばってき》と言えることだった。

「――彩乃。大丈夫か」

声の響きが変った。どこか一人になれる所に移ったのだろう。

「ええ。――突然で。まだ救急車が来ないんです」

「落ちついたら電話しろ。何時でもいい」

「はい」

――只野《ただの》公市《こういち》。

彩乃の所属する劇団〈風祭《かざまつり》〉の代表である。そして、彩乃が今、同居している相手でもあった……。

「あ、サイレンが。たぶんあれが……」

「大事にな」

と、只野は言った。

救急車が道の向うに見えた。探しているのか、ノロノロと進んでいる。

「こっちです！　こっち！」

彩乃は、その赤いランプに向って、叫びながら走った。

幸い、すぐ近くの総合病院が母を受け入れてくれた。

もともと、母、佑香が通っていた病院なので、救急車で運び込まれたときも、出て来た看護師が佑香と彩乃の顔を憶えていてくれた。

「脳の問題ね」

と、そのベテラン看護師は佑香を一目見て言った。「すぐＭＲＩをとるわ。専門の先生が今はまだいらっしゃるし」

「お願いします！」

と、彩乃は深々と頭を下げた。

——父へ電話する余裕ができたのは、緊急手術が始まってからのことだった。

父、三枝勇介は、疲れた声で、

「分った。少し待っててくれ。何しろアルコールが抜けない」

「急がなくていいよ。どうせ手術は何時間もかかるんだから」

と、彩乃は言った。

そして、父の次に只野公市のケータイにかけた。

「——やあ。どうだ？」

只野の声は穏やかだった。

「今、手術中です。脳で出血しているみたいです」

「脳は怖い。しっかり看病しろ」

「ありがとう」

と、階段の方へ向いながら小声で言った。

「明日はとりあえず休め。もし、無理そうなら、代りを立てる」

「行きます」

彩乃は即座に言った。

「落ちつけ」

と、只野は言った。「明日は、お前の出番のない場面の稽古をする。だから明日は休め。いいな」

只野の気づかいに、彩乃は涙ぐんだ。

「ありがとう……。でも、明後日《あさって》は必ず行きます」

「分った」

——役者は親の死に目に会えない。

よく言われることだ。もちろん、彩乃は、いなくても公演が中止になるほどの大きな役ではない。当日になっても、劇団の他のメンバーが急いでセリフを憶えれば、代りに演《や》れるだろう。

しかし、彩乃自身が、せっかく与えられた機会を逃したくなかったのだ。

それは劇団〈風祭〉の中で、只野の彼女であることから受けている当然の反感や冷ややかな視線に、実力で応える機会でもあった……。

手術室の方へ戻る前に、彩乃は同じ劇団の研究生にかけた。

「――彩乃？」

「ごめん。もう寝てた？」

「まさか」

と笑って、「でも、TV見ててウトウトしてたかな」

鈴木《すずき》由樹《ゆき》は今二十歳。研究生としては、彩乃の方が二週間だけ先輩だ。

気持のいい子で、彩乃と只野のことも、むろん知っているが、少しも変らず付合ってくれている。

「由樹、明日稽古場に行くとき、60ワットの電球、買ってって。切れてるの、二つ」

「うん、分った。でも……」

「明日、私、休むから」

「何かあったの？」

「他の人に言わないでね。母が今夜倒れてね」

事情を聞いて、由樹は、

「大変だね。大したことないといいわね」

と言った。

あっさりした口調が、却ってありがたい。

「じゃ、よろしく」

「うん、任せて。何か手伝えることがあったら言ってね」

「母の手術、手伝ってもらおうかな」

「それって危いよ。私、全然違う人、手術しちゃいそうだ」

冗談めかした会話が、今の彩乃の心を軽くしてくれる。

通話を切ってから、彩乃は、

「ありがとう、由樹」

と呟《つぶや》いた……。

2　急患

手術室の外の廊下で、彩乃は長椅子に座っていた。

手術が始まって一時間半ほど過ぎていた。

「脳の、細かい手術だから」

時間がかかるわよ、と看護師さんから言われていた。

この時間に、そういう手術をしてもらえることのありがたさを思った。きっと——

きっとお母さんは大丈夫だ。

彩乃は心の中で自分にそう言い続けていた。

ただ、父がなかなかやって来ないことには苛立《いらだ》ちがつのった。病院内だから、あまりケータイも使えないが。

「何やってんだろ……」

と、つい苛々と呟く。

すると、廊下の一番奥のエレベーターの扉が、音をたてて開いた。父だろうか、と顔を向けると——。

目を疑った。看護師二人に両側から支えられて、背広姿の男が、もつれる足で歩いて来た。看護師の一人は、一方の手で大きいタオルを男の脇腹《わきばら》に押し当てていたが、そのタオルは真赤になっていた。——血だ。

「そこへ寝かせて！」

母を受け入れてくれた、ベテランの看護師が彩乃に、「あなた、ごめん！　そこ空けて！」

切迫した口調だった。もちろん彩乃は、あわてて立ち上った。

「すぐ用意するから」

もう一人の、若い看護師へそう言って、駆け出しながら、「傷口を押えとくのよ！」

「はい！」

声が上ずっている。

たった今まで彩乃が座っていた長椅子に、その男性は横たえられて、低い声で呻《うめ》いていた。若い看護師は傷口を押えていたが、そのタオルはもう血を一杯に吸ってしまっていた。

「悪いけど」

と、看護師が彩乃に言った。「新しいタオル、取ってくれる？」

「はい！――どこですか？」

「その向うのドア。二つ目の。新しいタオル、二、三枚取って来て」

「分りました」

彩乃はそのドアへと走って行った。

かなりの出血だということは、彩乃にも分った。タオルの二、三枚で足りるのだろうか？

そこはタオルやシーツが山と積まれた部屋で、大きめのタオルをともかくひとつかみ取って、急いで戻る。

「――ありがとう」

血を吸ったタオルは、床に落ちるとベタッと音をたてた。

「ひどいんですか？」

と、彩乃は言った。

「刺された傷なの」

「刺された？」

彩乃が目を丸くしていると、男が苦しげに息をしながら、

「あいつが……追って来る……」

と言った。「気を付けろ……」

追って来る？　でも、まさか――。

エレベーターがチンと音をたてた。

振り向くと扉が開いて……。

彩乃は自分の見ているものが信じられなかった。――髪を振り乱した若い女が、スリップ姿で、裸足でエレベーターから出て来た。

右手にさげているのは、先の尖《とが》った包丁らしい。スリップには血が飛んでいた。

ペタペタとむきだしの足が床に音をたてて、こっちへやって来る。

「まあ……」

看護師が気付いて、「誰か呼んで！」

と、彩乃に言った。

でも、間に合わないだろう。女はほんの数メートルの所まで来ていた。

彩乃がその女の前に立ったのは、怖さを感じるよりも、これが現実と思えなかったからだ。――これって、お芝居の中？

「いけませんよ」

と、彩乃は言った。「人を刺すなんて」

女は青白い顔をしていたが、ほとんど無表情で、呟くように、

「どいてよ」

と言った。

「やめましょう。ね。まだ今なら、けがさせただけでしょ。殺しちゃったら、あなたも一生終りですよ」

我ながら、よくしゃべっていられる、と思っていた。

「そいつ、ひどい奴《やつ》なのよ」

「ええ、そうかもしれませんね。でも……」

「奥さんと別れたって言っといて、私が妊娠したら急に『妻も子もある』とか言い出して……。しかも『本当に僕の子なのか』って……」

「それ……ひどいですね」

「そうでしょ？」

足音が背後で聞こえた。

「でも——そんなひどい奴殺して捕まるなんて、つまんないじゃないですか」

と、彩乃は言った。「ねえ、そうでしょう？」

女はじっと彩乃を見ていた。目に、感情が戻っていた。

「あなた……恋人いるの？」

「え……。一応」

「同い年《どし》？」

「いえ……。向うがずっと年上です」

「用心しなきゃ。奥さんいないの、その人？」

「いない……と思いますけど」

「あてにならないわよ。男なんて、平気で嘘つくのよ」

「気を付けます。確かめてみます。奥さん、いないかどうか」

「ええ、そうしなさい。私みたいになったら手遅れよ……」

「ね、その包丁……。こっちへ下さい。寒いでしょ、そんな格好で」

「冷え切ってるわ。でも、心の中ほどじゃない」

穏やかな口調になって、「あなた……看護師さん？」

「いえ、舞台女優です」

「女優……。すてきね」

女が、かすかに微笑《ほほえ》んだ。「何て名前？」

「三枝……彩乃っていいます」

「憶えとくわね。きっと、いつか見に行くわ。あなたが出る舞台を」

「ありがとう……」

そっと手をさしのべて、包丁を受け取った。

一旦《いったん》彩乃の後ろで止っていた足音が、バタバタと聞こえて、若い医師が二人、女へ駆け寄った。彩乃はつい、

「大丈夫ですよ！」

と、声をかけていた。「その人——もう、大丈夫ですよ。優しくしてあげて」

女はそれを聞いて、肯《うなず》いた。

「ありがとう……」

と言った女の目から涙が一粒こぼれ落ちた……。

とんでもないことがあったおかげで、彩乃は母の様子がどうなのか、あまり心配しなかった。いや、心配できなかった、と言う方が正しいだろう。

そして約五時間に及ぶ手術が終ったときも、落ちついて話を聞くことができた。

「手術は成功でしたよ」

と、外科医が言った。

「ありがとうございます！」

彩乃は深々と頭を下げた。

「かなり出血が多かったので、大変でしたが、命にかかわるようなことはもうありません」

「そうですか……」

「ただ、多少の後遺症は残るかもしれませんね。リハビリは必要です」

「はい」

「しばらく入院ということになります。その手続きについては改めて話があるでしょう」

外科医の額に汗が光っている。

「本当にありがとうございました」

と、彩乃はくり返した。

そこへ、おっとりとしたベテラン看護師がやって来て、

「三枝さん？」

「はい」

「聞いたわ。ありがとう、協力して下さって」

「は……。ああ、あの女の人のことですね」

「警察の人から、彼女があなたに礼を言ってくれと話してるって。――事情は聞いたけど大したものね！」

「いえ、私も夢中で……」

「でも、なかなかできることじゃない、ってみんな言ってる」

「刺された男の方はどうなんですか？」

「ええ、大丈夫みたいよ。身から出たさびってことでしょうけど」

聞いていた外科医が、

「何の話だ？」

と、キョトンとしている。

「ご存じないんですか？」

「今まで手術してたんだぜ」

「あ、そうでしたね。失礼しました」

何だかとぼけたやりとりに、彩乃は笑ってしまった。——笑えるのだ。そんな自分が幸せだった。

「へえ、そんなことが」

外科医は看護師の話を聞いて、感心した様子で、「君、うちのガードマンにならない？」

と言った。

——彩乃が外科医にくり返し礼を言って、見送ると、

「彩乃」

振り返ると、父がやって来た。

「今ごろ……」

と言いかけてやめた。

せっかくの幸福感を台なしにされたくない。

「手術、ついさっき終ったよ」

と、彩乃は言った。「お母さん、大丈夫だって」

「そうか」

三枝は肯いて、「良かった」

「でも、当分入院してリハビリだよ。お父さんもできるだけ来てね」

「ああ、もちろんだ」

「私、舞台があるの。明日はお休みするけど、明後日からは休めない」

「うん……」

「お父さん、お願いね」

「うん、分った。――何かいる物はないのか」

「入院の説明に来てくれるって。手続きしてね。お父さんでないと」

「分ってる」

――彩乃は何だか心ここにあらず、という父の様子が気になったが、今はそれどころではなかった……。

「三枝さん」

看護師がやって来て言った。「先生から、手術の経過や今後のことでお話があります」

「はい」

彩乃は父へ、「よく聞いてね」

と言った。

「分ってる」

父の口調に、何か割り切れないものを感じて、彩乃は不安な思いを拭《ぬぐ》えなかった。

稽古場とはいっても、元は倉庫だった、ただの空間に過ぎない。

もう夜になっていたが、彩乃はそっと戸を開けて中を覗《のぞ》いた。

まだ明りが点《つ》いている。しかし、人の姿はなかった。時間からいって、稽古は終っているだろう。

でも、明りが点いているのは……。

「彩乃？」

と、後ろで声がした。

「あ、由樹」

　劇団の同じ研究生、鈴木由樹がバケツを手に立っている。

「どうしたの、彩乃？」

「うん。休んだけど気になって……」

「お母さん、良かったね」

「ありがとう。まだ集中治療室だけどね」

　と、彩乃は言って、「これから掃除？」

「稽古で大分汚しちゃったから。簡単に雑巾《ぞうきん》がけしとこうと思って」

「手伝うよ」

「いいよ！　彩乃、大変だったんだから」

「やらせてよ。却って気持が休まる」

「そう？　じゃ……」

　二人は、稽古場の床をザッと拭《ふ》いた。

　それでも一時間ほどかかって、汗をかくと彩乃は快い疲れを感じた。

「明日は来るから」

「うん、分った」

「ただ、明日午前中に入院の手続きがあるの。必要なものを持って行くんだけど、まだ普通の病室に移れないから……」

「大変だね」

――そう。大変だということは分っている。

当分、母のことを第一に考えなければ。

父がやれることは限られている。仕事があるのだし……。

でも――何とか舞台に立ちたい！

母に申し訳ないと思いつつ、彩乃は、ともかく今度の舞台には何としても出ようと決心していた。

――明りを消し、鍵《かぎ》をかけて、二人は外へ出た。

何か食べなくては。

二人で、近くのラーメン屋に入った。

「由樹、今日は先生、どうだった？」

先生とは只野のことである。

「うん、そうしつこくなかった」

「じゃ、順調だったんだ」

「どうかな。――彩乃のことが気になってたのかも」

「そんなことないよ」

「だけど……。彩乃、結婚するつもりでしょ？」

由樹に突然思いもかけなかったことを言われて、彩乃は危うくむせ返るところだった。

「――びっくりさせないでよ！」

「ごめん」

と、由樹は笑って、「何もそんなにびっくりしなくたって」

「だって――私、まだ十九だよ」

「知ってるけど、只野先生と一緒に暮してるわけだし」

「それはそれよ」

「そうなの？」

真剣に訊《き》かれると、困ってしまって、

「これからどうなるか、分らないよ」

と、彩乃は言った。「先生だって、大変じゃない。劇団をやってくだけでも……」

「まあね。――そうか。てっきり私、彩乃が先生と……」

「やめやめ、そんな話！」

と、彩乃は遮って、「それより、母の手術中に、凄《すご》いことがあったんだ」

「お母さんが？」

「違うの。手術が終るのを待ってたらね――」

彩乃は、刺された男と、それを追って来た女のことを、多少オーバーに脚色して話してやった。

「へえ！」

由樹が目を丸くして、「彩乃、度胸あるんだね！」

「そうじゃないけど、何だかあんまり凄くて現実感なくってさ。ＴＶドラマのロケかと思っちゃった」

「刺した女の人、捕まったの？」

「そりゃあ、人を刺したんだからね」

「でも、男の方が悪いね。そんな奴、少しぐらい痛い思いしないと」

彩乃の方が面食らって、

「由樹、過激なんだ」

「だって、女の人、若かったんでしょ？　男が騙《だま》したんだから、罪は男の方にある。

そうじゃない？」

「まあね……」

「女が捕まって、男はけがしただけなんて、不公平だ」

由樹は本当に怒っているようだった。「私、腹が立つとお腹《なか》が空《す》くの。――ラーメン、もう一杯、食べる！」

3　入院

ああ……。

彩乃は、ホッと息をついた。――慣れないことには、疲れも倍になる。

「これでもういいんでしょうか？」

つい確かめている。

「ええ、結構ですよ」

窓口の女性は、ちょっとふしぎそうに彩乃を眺めて、「何かお分りにならないことでも？」

「いえ、ありません！」

あわててそう言うと、彩乃は窓口のカウンターを離れた。

数歩も行かない内に、あの窓口の女性が次の番号を呼び出しているのが聞こえて来た。あの女性にとっては、入院も退院も、日常の仕事の一つなのだ。

「本当にもう……」

廊下に出ると、ついグチを言ってしまう。

母の入院手続きは父がやってくれるはずだったのに、今朝起きてみると、父はもういなくて、メモが置いてあった。

〈急な仕事で大阪へ行く。すまないが、入院の手続きはお前がやってくれ〉

文句を言おうにも、目の前にいないのでは仕方ない。

こうして、母の入院に必要な物を揃《そろ》えてやって来た。窓口での手続きは、長い時間に感じられた。

さあ、お母さんの様子を見に行こう。——彩乃は集中治療室へと向った。

母、佑香は彩乃が面食らってしまうほど元気になっていた。

もちろん、すぐに普通の病室へ移るというわけにはいかないようだったが、当人は、

「すぐ退院するからね」

と言ったくらいだった。

「だめよ。大手術だったんだよ」

と、彩乃は言った。「リハビリも必要だって。安心していいよ。ちゃんと留守はやるから」

「だって、あんたは舞台に出るんでしょ」

「憶《おぼ》えてたの」

「当り前よ。見に行きたいわ」

「ちょっと無理だよ。いずれ、もっと大きい役で出るから、そのときにね」

母の無茶な言葉も嬉《うれ》しかった。

そう長くは話していられないので、彩乃は、

「じゃ、今日これから稽古《けいこ》だから」

と、母の手を握って言った。

「頑張ってね」

「うん」

「――彩乃」

と、佑香は呼び止めた。

「なあに？」

「古くなったもの、食べちゃだめよ」

彩乃はちょっと頬を染めて、

「大丈夫だよ」

と言った。

賞味期限をあまり気にしない彩乃のことを、そういう点に神経質な佑香が心配しているのである。

担当の医師から、

「お母さん、順調だよ」

と言われてホッとする。

「普通の病室にはいつごろ……」

「あと二日もすれば大丈夫だろう」

「そうですか！」

彩乃は、母の様子と医師の話を、一応父へメールで知らせた。父からはすぐ、

〈それは良かった。明日は帰るから〉

と、返信があった。

稽古は午後からだ。――彩乃は、病院の中の食堂でお昼を食べようと思った。

稽古は肉体労働である。しっかり食べておかないと、声も出ない。

食堂へ行こうと、エレベーターの方へ歩いて行くと、

「三枝さん」

と呼ばれた。

「はい」

看護師がやって来て、

「少しお時間があったら、牧原《まきはら》さんがお会いしたいって」

「牧原さん？」

「一昨日《おととい》、刺された方よ」

ああ……。

でも、会いたいとは思わなかったが……。

「ひと言、お礼を、って」

そう言われると、いやとも言えない。

「分りました。どこの病室ですか？」

「案内するわ」

一つ下のフロアで、その男は高そうな個室に入っていた。

看護師が、彩乃が来たと告げて出て行く。

彩乃はちょっと当惑しながら、ベッドの近くへ行った。

「ああ……。君だったか。ありがとう、あのときは」

少しひげが伸びていたが、血色も良く、「あのとき」とは大分印象が違っていた。

「いいえ」

「僕は牧原健児《けんじ》。君は三枝君——というんだったね」

「ええ。三枝彩乃です」

「女優さんだと言ってたね、佑美《ゆみ》に」

あんなときに聞いたことを憶えているのかとびっくりした。

「傷はいかがですか」

他に言うこともなくて、そう訊いた。

「痛い」

あっさりとそう言ったので、彩乃はつい笑ってしまった。

「ごめんなさい」

「いや、いいんだ」

と、牧原は微笑んで、「痛い思いは我慢しなきゃね。佑美は捕まってるんだ」

「そうですね」

と、彩乃は肯《うなず》いて、「佑美さんは、まだ若いんでしょう?」

「確か、今二十四だよ」

と、牧原は言った。

するとそこへ、ドアが開いて、

「あなた、言われた物は持って来たわよ。――あら」

と、派手な赤いスーツの女性が入って来た。

「一昨日、僕を助けてくれた三枝彩乃さんだ」

と、牧原が言った。「家内だよ」

「あら、そうだったの」

と、牧原の妻は肯いて、「ごめんなさい。主人がまた若い女の子に手出ししたのかと思って」

「おい、失礼なこと言うなよ」

と、牧原が苦笑する。

「いいんです、別に」

彩乃には別のことが気になっていた。

「本当にしようのない人ね。恋人に刺されるなんて！　恥ずかしくって、お友達にも顔合せられないわ」

と、牧原の妻はブツブツ言いながら、「着替えやタオルはどこへ？」

「その棚の中だ。適当に置いとけばいい」

「はいはい」

彩乃は、ちょっとためらってから、

「あの……失礼ですけど、奥様——女優の中原《なかはら》真知子《まちこ》さんですか」

「あら、よく分るわね」

こんな病院に赤いスーツでやって来て、しかもそれがあまりおかしくない。どこか「普通の人」と違う華やいだ雰囲気があるのだ。

「やっぱり……」

「真知子、この人は女優さんだ」

「あら、そうなの」

「女優だなんて……。まだ劇団の研究生なんです」

「いいわね、若いころは。あなた、いくつ？」

「十九です」

「十代ね！　昔は私もそんなころがあったんだわ」

「君、昼、まだだろ。真知子、この子にお昼を」

「あ、いえ、とんでもない！」

「私もお腹空いてるの。ここ、食堂があるけど、ろくなもんないわ。この近くに、よく行く洋食屋さんがあるの。行きましょ」

中原真知子は、自分で決めるのが当然、という口調で言うと、「じゃ、あなたはおとなしくしてるのよ」

「いやでもおとなしくするしかないさ」

と、牧原は言って、「三枝君。家内に付合ってやってくれ」

まさか、こんなことになるなんて……。

彩乃は呆気《あっけ》に取られながら、真知子に促されて、病室を出たのだった……。


たっぷりと食べでのあるメンチカツだった。

「――おいしいです」

彩乃は素直に言った。

「でしょ？　洋食屋さんはメンチカツとハヤシライスよ」

真知子はシチューを食べていた。

それにしても――びっくりだ。

中原真知子は、舞台を中心に活動している、中堅の女優である。しばしばＴＶにも顔を出す。

「――大変だったわね」

そう言われて、彩乃は一瞬何のことか分らなかったが、すぐに一昨日の夜の出来事だと気付いた。

「いえ、別に……」

「主人も、悪い人じゃないんだけど、女ぐせがね……」

まるで他人事《ひとごと》みたいな言い方に、彩乃は半ば呆《あき》れながら、感心していた……。

食事が終って、コーヒーを飲みながら、彩乃はチラッと腕時計を見た。

「急ぐの？」

と、中原真知子はそれを見ていて言った。

「いえ……。舞台の稽古があるんです」

「あら、それなら――」

「まだ時間は充分あります」

と、彩乃は言った。「あの……ごちそうになっていいんでしょうか」

「もちろんよ」

中原真知子はカードで支払いをすませていた。「どんなお芝居？」

「新作です。あの〈風祭〉って劇団で……」

「ああ、只野さんの？」

「ご存知ですか」

「ええ。只野さんとは、映画で一緒になったことがあるわ。そう、あの人の所にいるの」

狭い世界なのだ、と彩乃はびっくりした。

「只野さんが書いたお芝居？」

「そうです。〈風下に行く〉っていうタイトルで」

「あの人らしいわね。〈風〉をタイトルに入れるのが好きなのよ」

と、真知子は微笑んだ。

「ちゃんとしたセリフのある役は初めてなんです」

「いいわねえ、そういうころって。いくらでも未来が広がってるようで」

「あの……」

と、彩乃は少し迷って、「余計なことかもしれませんけど、ご主人のことで警察に呼ばれるでしょうか、私？」

「どうかしら。——でも、主人と佑美さんで充分じゃない？　あなたは彼女が罪を重ねるのを止めたのね」

「というか……」

「主人の命を救ってくれたのよね。本当はこんなお昼ぐらいじゃ、お礼にならないわね」

「いえ、そんな——」

「元気になったら、主人から礼をさせるわ。それに……佑美さんだってねえ、私、忠告したのに」

「はあ……」

夫が殺されかけた人とはとても思えない。彩乃は、やっぱり女優って少し変ってるんだ、と思った。

「あの人……お腹に赤ちゃんが」

と、彩乃が言うと、初めて真知子は驚いた様子で、

「本当に？　まあ……。主人も困ったもんね」

「もちろん、詳しいことは分りませんけど」

と、彩乃は急いで言った。「前にも、こんなことが？」

「まあ……。なかったとは言えないわね」

と、真知子は言った。「どういうわけか、もてるのよ、あの人」

「佑美さんって、どういう方なんですか？」

「市川《いちかわ》佑美っていって、私たちの同業者」

「え？」

彩乃はびっくりして、「女優さんなんですか？」

「一応はね。でも、アルバイトでやってるホステスの仕事がほとんどだったんじゃないかしら。主人はプロデューサーなの。で、私の亭主だってことを知らずに親しくなったみたい」

「でも、忠告されたって……」

「彼女のケータイにかけてね。でも、私、名のらなかったから。『牧原さんには妻子がいるのよ』とだけ言って」

「妻子……」

と、彩乃は呟《つぶや》いて、「あの——お子さんがいらっしゃるんでしたっけ」

「ええ。ちょうどあなたと同じよ。今、十九歳の大学生。でも、ほとんど大学へ行ってないから、その内退学になるんじゃない？」

「何かお仕事を？」

「ああ、そうなの。役者なのよ。ＴＶドラマとかに時々出てるわ。牧田《まきた》秀哉《ひでや》っていうの。知らない？」

「あ……。知ってます！　あの人が息子さん？」

「ええ。〈牧原〉って名のるのがいやみたいでね、〈牧田〉って芸名にしてるの」

彩乃にとっては、びっくりすることばかりである。何だか、母の入院のことを忘れてしまいそうだ。

「そうね」

と、真知子が思い付いたように、「主人が元気になったら、ＴＶか舞台の仕事を紹介させるわよ。命の恩人だもの。それくらいのことさせたっていいわよね」

「いえ、そんなこと……」

「行きましょうか。私も、これから映画の打合せなの」

「ごちそうさまでした」

彩乃は、あわてて立ち上ると、頭を下げた。

——本当に、今日はびっくりすることばっかりだ！

しかし、一番の驚きはその後にやって来た。

表に出て、真知子はタクシーを停めると、

「じゃあ、頑張ってね」

と、彩乃に言った。

「ありがとうございます」

真知子はタクシーに乗り込もうとして、ふと振り返り、

「そうだ。——あの市川佑美さんも、以前〈風祭〉にいたはずよ」

「え？」

彩乃は、真知子が乗ったタクシーを、呆然《ぼうぜん》として見送っていた……。

4　父の影

「——市川佑美だって？」

と、只野は言った。

「ええ」

彩乃はカレーを食べた器を洗いながら、「憶えてる？」

「たぶん……。ああ、確かにそんな子がいたな」

只野公市は、インスタントのコーヒーを飲みながら、「三か月くらいしかいなかったんじゃないかな。顔もよく思い出せないが……。その子が、恋人を刺したのか」

彩乃は、只野に病院での出来事を話したのである。

「いや、偶然だな。中原さんの旦那《だんな》とは」

「少し待ってて。今、ちゃんとコーヒーをドリップで淹《い》れるから」

「いいよ。君も疲れてるだろ」

――只野のアパートである。

夜八時過ぎまでかかった稽古の後、彩乃は只野とこのアパートへ帰って来た。

「先生には、ちゃんとおいしいコーヒー、飲んでほしい」

彩乃は洗った器を水切り棚に伏せると、タオルで手を拭いて、「コーヒーの粉、もう少なくなったわね。買って来ておくわ」

〈風下に行く〉の稽古は、難しいところにさしかかっていた。主役の二人が、充分にセリフをこなしていない、と只野は苛立《いらだ》っていたのだ。

もちろん、彩乃の出番はほんのわずかで、三回ほどやり直しただけで「通過」してしまった。——彩乃は、早く只野から何時間もしぼられる女優になりたい、と思った……。

「でも、まだ二十四歳とかだったわ。市川佑美さんって」

「そうか。うちへ来たのは十七、八じゃなかったかな。高校生だったような気がする」

「妊娠してるらしいの。気の毒だわ」

「うん、中原さんの旦那は、よく若い女の子を連れて歩いてるって評判だ」

彩乃は淹れたコーヒーを只野の前に置いた。

私だって……。四十八の只野について歩く十九歳だ。牧原が市川佑美と一緒にいるのと、はた目には違わないだろう。

もちろん、そうは言わなかったが。

「お母さんの方は大丈夫なのか」

と、只野が訊く。

「ええ。手術はうまくいって、回復も順調ですって」

「それは良かった」

「でも、リハビリとか、やっぱり必要らしいの」

「それはそうだろう。——僕のことや芝居のことは何とかなる。無理するな」

「いいえ、無理するわ。母も舞台も、先生のことも、ちゃんとやってみせる」

只野は笑って、

「若いな。——その元気があれば大丈夫だ」

「今から洗濯機回せないわね。明日の朝、お洗濯してから一旦家に帰って、母の病院へ行くわ。稽古は午後三時からね」

「ああ、急がなくていい」

「お昼、何かこしらえて行くわ」

「いや、美術の方と打ち合せがあるから、適当に食べるよ」

「そう？」

「風呂《ふろ》に入るか。——シャワーだけにしとくかな」

「静かに入れば大丈夫よ。ちゃんとお湯に浸《つか》った方がいいわ」

「そうだな」

只野は肯いて、「いい加減、このアパートから出ないとな。中古で、いいマンションがないか？」

「ネットで探してみるわ。任せて」

「そうだな。そういうことは若い子の方が早い」

実際、只野は充分にマンションくらい買えるはずだった。ただ、「探すのが面倒」なので、この古いアパートに住み続けているのだ。

「お湯、入れるわ」

と、彩乃は立ち上って、お風呂場に行った。

――マンションを買う。

そこは、私と先生の、二人の住いになるのだろうか？

胸のときめきと不安。――私はまだ十九だ。〈家庭〉を作るには早過ぎる。

でも――只野はもう四十八。

私たちはどうなるんだろう？

彩乃はいつになく「将来」を考えて、落ちつかなかった。

もしも、あの市川佑美のように、私も年上の「先生」の子を宿したら……。

用心してはいるが、絶対にないとは言えない。そうなったら、マンションで親子三人の暮しになるのだろうか。

でも――そしたら私は女優をやめることになるかもしれない。母に赤ん坊の面倒をみてもらうことは無理だろうし……。

「何を心配してるのよ」

と、自分に向って呟くと、お湯を止めて、

「お風呂、入れるわよ」

と、只野に呼びかけた。

返事がない。お風呂場を出て、

「先生、お風呂――」

と言いかけたが、只野はケータイで誰かと話していた。

「――よく分ります。――ええ、伝えましょう。――いや、お話しできて良かったです」

只野がこういう調子で話しているのを、彩乃は初めて聞くような気がした。誰と話してるんだろう？

「では。――どうも」

只野は通話を切ると、彩乃の方を見て、「何か言ったかい？」

「あの――お風呂、入れる、って。誰と話してたの？」

「うん……」

只野は服を脱ぎながら、「君、今夜はお家へ帰った方がいい」

「え？」

裸になった只野は、お風呂場へ入りながら、

「君のお父さんからだった」

と言ったのである。

呆気に取られている間に、只野はお風呂場のドアを閉めてしまった。

お父さんから？——どうして、只野のケータイ番号を知ってるんだろう？

ともかく、じっとしていられなかった。

先生に何を言ったのよ！

彩乃は、ケータイをつかむと、父へかけた。しかし、つながらない。電源を切っているらしい。

三度、かけてみたがむだだった。

仕方なく、彩乃は只野がお風呂から上って来るのを待っていた。

「ああ、やっぱり風呂はいい」

只野はバスタオルで体を拭きながら出て来た。

「先生……」

「お父さんは心配してる。当然だろう。まだ十九歳の娘が、こんな年齢《とし》の男と……」

「家には明日行きます。——私、父に先生のケータイ番号、教えてないのに。どうして知ってるんだろう？」

「まあ、僕も一度、君のお父さんと話さなきゃ、とは思ってたんだ」

「でも……。父は何と？」

「お母さんのこともあるし、家へ帰るように伝えてくれってことだ」

と、只野は言った。

「そんな……」

彩乃は無性に腹が立って、「勝手ばっかり！　自分だって外に泊って来てるくせに」

「そう言ったら、初めから喧嘩《けんか》になるよ」

「いいの。——明日の朝、帰れば同じことだから」

彩乃はそう言って、「私もお風呂に入ろう。先生、先に寝ててね」

「彩乃——」

只野に何も言う間を与えず、彩乃はさっさと裸になると、お風呂場に入って行った。

翌日、目が覚めたのは、もう十時を回ったころだった。

「先生？」

起き出すと、テーブルにメモがあって、

〈打合せがあるから先に出るよ〉

「——起こしてくれりゃいいのに」

と、恨みがましく言ってしまう。

そうだ、家へ寄ってから病院に行かなくては。そうのんびりしてはいられない。

手早く顔を洗って仕度すると、彩乃はアパートを出た。

バスと電車で、一時間くらいかかる。バス停へと急いでいると、ケータイが鳴った。

足取りを緩めずに出ると、

「彩乃、今どこだ？」

「お父さん、ゆうべの電話、何なのよ？」

「まだ、その役者の所か」

「今、家へ帰る途中。バス停に向ってる」

「そうか。俺は今東京駅だ」

父の声の背後に、アナウンスらしいものが聞こえる。

「また出張？」

彩乃の問いには答えず、

「母さんのことは頼むぞ。もう列車が出るから」

「いつ帰って来るの？　もしもし？」

切れてしまった。――彩乃は頭に来て、

「本当にもう！」

と、ケータイをにらみつけた。

――バスがすぐにやって来て、座れたのでホッとした。

よく晴れた秋の一日。バスの中で日差しが暖かく、彩乃はウトウトしてしまった。

駅前で降りそこなうところだったが、何とかあわてて立って行き、降りられた。

電車は都心の方へ向うので、さすがに座れない。

「マンションだ……」

電車の窓から、立ち並ぶマンションを眺めていて、思い出した。只野に頼まれていたマンション探し。

帰ったらパソコンで見てみよう。

いくらぐらいの物件を探せばいいのか、見当がつかないが、まあ、そう遠くない辺りで、いくらぐらいが普通なのか、調べてみよう。

だが……。もし只野がマンションを買ったとしても、母のことがある。

母が退院して来たら、彩乃としては只野の所で暮すわけにはいかない。リハビリだって、退院しても、しばらくどこかへ通って続けなければならないだろう。

「仕方ないよね……」

と、彩乃は呟いた。

父に期待できない以上、母のことは自分が面倒をみるしかない。――せっかく只野が引き立ててくれているのに、舞台に打ち込めないのは辛《つら》かったが……。

それだけに、小さな役でも今度の舞台を大切にしよう、と改めて思った……。

どこかおかしい。

家に入って、彩乃はそう感じた。

どこがどうおかしいのか、よく分らなかったが、直感的にそう思ったのである。

しかし、居間の中を見回しても、どこがおかしいのか分らず、ともかく母が一般病棟に移ったときに必要なものを揃えておこうと思った。

二階へ上って、両親の寝室へ入り、母の下着や寝衣を取り出し、ボストンバッグへ詰めた。

「あと、タオルね」

牧原の病室に、妻の中原真知子がタオルを持って来ていたことを思い出した。

タオル、タオル、と。——洗濯したタオルは確かバスルームだ。

洗面台の上の戸棚を開けると、バスタオルも何枚か重ねてある。バスタオルと普通のタオルを何枚か取り出して、バスルームを出ようとしたが……。

何か気になることがあって、彩乃は振り返った。——何だろう？

狭い洗面所や浴室を見渡していた彩乃は、やっと思い当った。

小さなガラス戸の付いた棚の中が空になっていたのだ。

ここには、父の物——電気カミソリや、ローション、ドライヤーなどが入っていたはずだ。それが失《な》くなっている。

「どういうこと？」

出張に、電気カミソリぐらいはともかく、ドライヤーまで持って行くだろうか？

今はビジネスホテルでも、それくらいの物は備えてあるはずだ。

漠然とした不安を覚えながら、寝室へ戻ると、タオルをバッグに詰める。

そして、ふと思い付いて、下着の入った引出しを開けてみた。父と母とで別の引出しに入っている。

父の下着を入れた引出しを開けて、彩乃は唖然《あぜん》とした。——一枚も入っていない。

出張に着替えを持って行くにしても、全部は必要ないだろう。彩乃は洋服ダンスを開けた。父の背広や替え上着、ズボンが、明らかに何着分も失くなっている。

彩乃は一階へと階段を駆け下りた。

玄関の脇《わき》に小さな納戸《なんど》がある。そこを開けると、一番大きなスーツケースが失くなっていた。

「お父さん……」

これはただの出張じゃない。

呆然と立ち尽くしていると、居間の電話が鳴った。急いで出てみると、

「三枝さんのお宅ですか？」

と、突っけんどんな口調。

「そうですが……」

「奥さんですか？　ご主人はいますか？　会社の者です」

「あ……。いえ、私、娘です。父は出張に……」

「出張？」

「違うんですか？」

「いいですか。三枝さんは一週間前に会社を辞めたんですよ」

彩乃は絶句した。向うは続けて、

「会社にね、まだ色々私物が置いたままなんです。こっちも困るんでね。取りに来てくれないと、こっちで処分します。そう伝えて下さい」

「あの――」

「三枝さんがいないなら、お家の方が取りに来て下さい。いいですね。では」

切れてしまった。

彩乃は受話器を手にしたまま、しばし立ち尽くしていた……。

5　明日の闇《やみ》

皮肉なものだ。

「良かったぞ」

と、只野は彩乃の演技を初めてほめてくれた。

「そうですか」

「肩の力が抜けて、生活感が出ている。それでいいんだ」

他に気を取られることが多過ぎて、集中できていなかったが、それが却《かえ》って良かったらしい。

「次の場面だ！」

只野がポンと手を打った。

稽古場の隅へ行って、彩乃は汗を拭《ふ》いた。

「彩乃、凄《すご》いじゃない」

いつの間にか、鈴木由樹がそばに来ていた。

「そうね……」

「でも浮かない顔ね」

「そりゃそうよ。父親が家出しちゃって」

「え？」

由樹は目を丸くして、「それって——外泊ってこと？」

周囲に、他の団員はいなかった。

彩乃は、父が会社を辞めていたこと、そして、衣類を沢山持って出て行ったことを話した。

「じゃ、帰って来る気がない？」

「たぶんね」

「どこに行ったの？」

「知ってりゃ追っかけてくわよ」

「そうだね。でも……」

と、由樹は少し迷って、「お父さん、一人じゃないのかな」

「だと思うよ。きっと、付合ってた女と……」

「置き手紙くらいないの？」

「何も。――無責任だ！」

彩乃は唇をかんだ。

よりによって、母が入院しているこの時に……。母に何と言おう？

「大変だね」

と、由樹は言った。「私じゃ、大して力になれないけど……。何かやれることがあったら、言ってね」

「ありがとう」

彩乃は、由樹の言葉につい涙ぐんでいた。

――休憩になると、彩乃は只野に、

「お話が」

と、声をかけた。

表に出て、只野に事情を説明した。

「そいつは大変だな」

「今日はこれで帰らせて下さい。会社に行って、父の物を受け取って来ます」

「うん、分った。舞台は――」

「出ます。何としても、必ず出ます」

「分った」

只野は、彩乃の言葉に肯いて、「何か相談があれば、いつでも言って来い」

「ありがとうございます」

彩乃は帰り仕度をしながら、これからどうなるのだろう、と考えていた。


「三枝勇介の家の者ですが、私物を取りに来るようにと連絡いただいたので……」

と、彩乃は言った。

聞いていた女性社員はポカンとして、

「はあ……。私、よく分らないんですけど……」

「あの——こちら庶務課ですよね。営業の方から、こちらへ行くように言われて……」

「でも、何も聞いてないんですよね」

彩乃は目の前の女性に向って怒鳴りまくってやりたいのを、何とか我慢した。

何しろ、同じことを、この小さな会社の中で三回も言わされているのだ。

親会社からここへ出向させられた父が、やる気をなくしたのも、分らないではなかった。

そこへ、

「失礼ですが」

と、少し年輩の女性がやって来た。「三枝さんの……」

「はい、娘です」

「ああ、お嬢様ですか。女優さんをやってらっしゃる」

「は……」

「私が三枝さんの物をお預りしています」

「そうですか」

「印鑑をお持ちですか」

「はい、一応持って来ました」

「良かった。たぶんそんな説明もしていないと思ったので。――ご説明することもありますので、このビルの向いに〈P〉っていう喫茶店があります。そこでお待ちになってて下さい」

「はい……」

「私、お父様の仕事のお手伝いをしていた、久保《くぼ》充子《みつこ》と申します」

四十歳くらいだろうか、きちんと仕事をこなせるという感じの人だ。彩乃は少しホッとした。

――言われた喫茶店で十分ほど待つと、久保充子が大きな手さげの紙袋を持ってやって来た。

「お待たせして。経理の人間が席にいなかったものですから。――コーヒーを」

と、オーダーしてから、「三枝彩乃さん、でしたね」

「はい。あの――父はどうして会社を辞めたんでしょうか？」

久保充子はちょっと目を見開いて、

「何もお聞きになってないんですか？」

「ええ。というか、会社を辞めたことも、今日お電話をいただくまで知らなかったんです」

「まあ……」

「すみません。こちらの個人的なことで。あの――印鑑はどこに押せば？」

「ああ……。じゃ、ともかく済ましてしまいましょうね」

私物の引き取りだけでなく、退職金の振込みも知らされて、彩乃は嬉《うれ》しかった。

「――ロッカーの中にあった物、机の引出しの中の個人的な物は、一応これで全部だと思います」

と、手さげ袋を渡されて、

「ありがとうございます」

と、彩乃は礼を言った。

久保充子は、ぬるくなったコーヒーを飲んでいたが、

「彩乃さん。お父様は今どちらに？」

と訊《き》いた。

「分りません。家を出てしまったみたいなんです」

久保充子は肯いて、

「そんなことじゃないかと思ったわ」

と言った。

「それって――どういうことですか？」

少し考えを整理するように、間を置いて、充子は、

「私は以前、お父様と同じ親会社にいて、一時部下として働いたこともありました」

と、口を開いた。「でも、母が倒れて、介護しなければならなくなって、今の子会社に移ったんです。お給料は下りますが、忙しくなくなるので。それで、お父様が出向して来られたときから、何かと話のお相手をしていました。――お父様には女の人が……」

「知っています。家へ帰って来ないこともよくあって」

「そうだったんですね。その女の人は、辞められる前の一週間ほどの間に、三、四回会社へお父様に会いに来ていました。何か渡すものがあったり、打合せることがあったようで、この喫茶店で二人で話しているのを、私も二度見かけました」

「その女の人のこと、何か分ります？」

「そこまでは……。ただ、ずいぶん若い人でしたよ。たぶん二十代でしょう。二十七、八くらい」

「そんなに？」

「お父様が家を出られたということは、たぶん、二人でどこかへ行く計画を立てていたのでしょうね」

「そんなひどい……」

彩乃は言葉を失った。「母が——倒れて入院しているんです。父はそれを知っていて……」

彩乃の話を聞いて、充子は、

「じゃあ……大変ですね、彩乃さん」

「どうしていいのか……。母に何と説明すればいいんでしょう。父がこんなにひどいことをする人だったなんて……」

思いがけず、怒りよりも悲しみで涙がこぼれた。急いでティシュペーパーを出して拭くと、

「すみません。久保さんにこんなことを言っても仕方ないのに」

「いいえ。私でよければ、ご相談に乗りますよ。といって——大したことはできませんけど」

「父がどこへ行ったか、見当はつきませんか」

「何も聞いていません。連絡は取れないんですね？」

「ケータイも切っているようです。メールを送ってありますが、返事は来ないでしょう」

「お母様のこと……。私も母を何年も世話しましたから、お察しします」

「ええ……。入院費用や、リハビリにも……。私が働いても、そんなお金が……」

女優……。もう、そんなことを言っていられない。只野との生活も終りだ。

彩乃は、足下の大地が崩れて行くような思いに打ちひしがれた。

「――三枝さんは、あの女の人に引きずられてしまったんでしょうね」

と、充子は言った。

「お父様」でなく、「三枝さん」と呼んだ。

「それにしたって……無責任です」

彩乃の声は震えた。これ以上何か言ったらまた泣いてしまいそうだ。

彩乃は何とか泣きたい思いをのみ込むと、

「色々ありがとうございました」

と、礼を言って、「コーヒー代を……」

「あ、ここは私が」

と、充子は止めて、「それくらいは……」

「すみません」

彩乃は、充子とケータイの番号、アドレスを交換した。

「もし、三枝さんから何か連絡があったら、必ずお知らせします」

「お願いします」

「それから……確かじゃないんですけど」

と、充子は言った。

「何ですか？」

「ちょっと見ただけの印象ですけど……。三枝さんと一緒にいた女の人は、妊娠しているようでした」

彩乃は何とも言えなかった。――あの、牧原を刺した市川佑美のことを、反射的に思い出した。

父は、牧原のように、

「本当に僕の子なのか」

とは言わなかったのだろう。

そして、その「責任を取る」ために、彼女と東京を離れた……。

しかし、そうだとしても、やはり入院している母を放って行ってしまうのは、ひど過ぎる。

「ごめんなさい。妙なことをお話しして」

と、充子が言った。

「いえ、いいんです。それで——別に何も変るわけじゃありませんし」

彩乃は、久保充子にくり返し礼を言って、喫茶店を出た。

父の私物を持って、母の病院へは行けない。

一旦《いったん》、家へ帰ることにした。

今の状況を、冷静に受け止められないまま、いつの間にか家に着いていた。

もしかしたら、父が帰っているかも。「俺が悪かった」と謝ってくれるかも、と思ったが、そんなことは起らなかった。

しばらくソファにぼんやりと座っていた。——途方にくれるとは、こういうことを言うんだ、と思った。

彩乃はちょっと笑った。——私、途方にくれる人の役は絶対にやれるわ。

ケータイが鳴った。只野からだ。

「——もしもし」

「どうだ、そっちは？」

稽古《けいこ》の合間だろう。ありがたかった。

でも、今手短かに話せるようなことじゃない。

「色々あって」

と、彩乃は言った。「今夜にでも……」

「それなんだ。悪いが今夜はアパートに帰らない。明日早朝の新幹線で名古屋に行く仕事が入ったんだ」

「そうですか」

「もちろん、君が一人で泊ってもいいよ」

「いえ……。色々やることがあるので、私も……」

「明日は稽古が休みだ。それを知らせたくてな」

「分りました。わざわざすみません」

「元気出せよ。声が沈んでるぞ」

と、只野は言って、「——ああ、今行く」

誰かが呼びに来たのだろう。

「じゃ、また連絡する」

「はい。どうも——」

と言いかけたときには切れていた。

そうだ。今、只野はお芝居に打ち込んでいる。彩乃が甘えていられるような状態ではないのだ。

自分の個人的な事情で、只野や他の団員の邪魔をしてはいけない。――そう思うことが、彩乃のせめてものプライドだった。

「病院だ……」

と呟く。

ソファから立ち上るとき、体は鉛のように重かった。

6　細い糸

集中治療室のドアの前で、彩乃は一旦立ち止り、背筋を伸して、深呼吸した。

そうだ。明るく、元気でいなくては。

マスクをして、ドアを開ける。

「あら」

母、佑香がすぐに気付いて、手を振って見せた。

元気そうな母の顔を見て、彩乃は救われた気がした。

「ごめんね、遅くなって」

と、彩乃は言った。「マスクしてるのに、よく私だって分るね」

「分るわよ」

と、佑香は笑って、「十九年も見て来たんだからね。歩き方一つですぐ分る」

「そうか。――どう？」

「ええ、食欲もあるし」

「良かった。一般病棟に移ったら、おいしい物、買って来るね」

「無理しなくていいわよ。――お父さんは？」

「ああ……。出張が長引きそうだって。三、四日帰って来ないかも」

「そう」

「何か伝えること、ある？」

聞いても仕方ないことだが……。

「別にないけど……。あんた一人に何もかもじゃ、大変だろうからね」

「大丈夫よ。私、若いんだから」

自分に向って言っているようだった。

そう長くはいられない。それが今は救いだった。

「——じゃ、また明日ね。欲しい物、何かある？」

「そうね……」

佑香は少し考えていたが、「——彩乃」

「うん？」

「何かあったの？」

そう訊《き》かれて一瞬詰ってしまった。

「——何もないよ。どうして？」

「声が変よ。いつもと違う」

病人の敏感さだろうか。彩乃はびっくりしたが、

「稽古で声出してるからでしょ」

と、ごまかした。

「それならいいけど」

「お母さんは余計なこと心配しなくていいの！　それじゃ」

母の手を固く握って、彩乃は集中治療室を出た。

ああ……。いつまでも、母に隠してはおけない。

でも、どう話そう？

沈んだ気持でエレベーターの方へ歩いて行くと、

「あ、三枝さん」

と、看護師から呼ばれた。

「はい」

「伝言があるの。――警察の方がね、お話を聞きたいって」

牧原のことだろう。メモを受け取って、

「分りました。電話します」

「よろしく」

行きかけて、彩乃は足を止めると、

「あの――今、牧原さんとお話しできますか？」

と訊いた。

牧原はベッドで台本らしいものを読んでいた。

彩乃が入って行くと目を上げて、

「やあ。お母さんのお見舞？」

と言った。

「ええ。――大丈夫なんですか、そんなもの読んでて」

「却って痛いのを忘れられるよ。女房から聞いたんだろ？　僕はプロデューサーだからね、送られてくる台本に目を通すのが仕事さ」

「奥様には親切にしていただいて……」

「なに、あいつも話し相手があった方が嬉しいのさ。息子はさっぱり家に立ち寄らないしね」

「いい役者さんですよね。お母様の血を引いてらっしゃるんでしょうね」

「まだまだこれからさ。何しろ十九歳だ」

「私と同じです」

「そうだったか。君も頑張れよ」

と言ってから、牧原は彩乃が普通でない様子に気付くと、「――どうした？　何かあったのか？」

「実は……お願いがあって」

「いいよ。まあ、かけなさい。女房が何か悪いことでも言ったかね？」

「とんでもない！　そんなことじゃないんです」

と、彩乃はあわてて言った。

「じゃあ……」

「牧原さん。私、働かなくちゃいけないんです。父が私や母を捨てて、他の女と出て行ってしまって。母の入院費用や、これからの生活を、私一人が支えて行かなきゃいけないんです。もし……もし、私にできる仕事があったら……。お願いです。他に頼れる人もいなくて。私と何の関係もない牧原さんにお願いするなんて、図々《ずうずう》しいと分っているんですけど、他に思い付かなくて……」

彩乃は一気に言って、「どうか……お願いです」

と、頭を深々と下げた。

牧原はしばらく黙って彩乃を見ていたが、

「——顔を上げて。さあ」

と言った。「詳しく聞かせてくれないか。もちろん、今の話で状況は分ったけど」

「すみません……」

彩乃はハンカチを出して涙を拭《ぬぐ》った。悲しいというよりは、情《なさけ》なさの涙である。

「君の年齢《とし》で、そうして人に頭を下げるのは辛いだろう」

と、牧原は言った。「友人に話すつもりでいたまえ。君は命の恩人なんだ。君が遠慮することはない」

　牧原の言葉はありがたかった。

　彩乃は、昨日、中原真知子と別れてからのことを、順を追って話した。牧原は難しい表情で聞いていたが、

「僕も、佑美のことがあるから、君のお父さんを責められないが、いかにも大変だね」

「お願いできるでしょうか？」

　と、彩乃はじっと牧原を見ていた。

「できる限り力になるよ」

　と、牧原は即座に言った。「しかし、僕も大して力があるわけじゃない。何しろ、ちょっと特殊な仕事だからね」

「はい。もちろん、何かご紹介いただくだけで……。アルバイトでも」

「アルバイトか。しかし、たとえアルバイトを二つ三つかけ持ちしても、大したお金にならないだろう」

「それはそうですけど……。でも、私、何も特技なんかないし。ともかくどんなことでもします」

「分った」

と、牧原は微笑《ほほえ》んで、「あんまり気負わないことだ。人間、無理をするとろくなことがないよ。僕のようにね」

彩乃は、少し気が楽になって笑った。

「――只野君の劇団にいるんだって？」

「はい……。この何か月か、只野さんのアパートで暮してました」

牧原がちょっと意外そうに、

「そうか。――あいつも隅に置けないな」

「でも、もう終りです。母のこともあるし。今度の舞台だけは何とか出たいですけど」

「夢を捨てるなよ。回り道は役者にとってマイナスじゃない。諦《あきら》めずに、夢を持ち続けることだ」

牧原の言葉に、彩乃は胸が熱くなった。

「分りました。でも……」

「何だね？」

「牧原さんみたいな人が、どうして刺されたりするはめになったんですか？」

牧原は苦笑して、

「それはね、人間、言うこととやることとは違うからさ」

と言った……。


「あの——町田《まちだ》さんは」

と、彩乃は、通りかかった白髪の男に声をかけた。

「町田？　何の用？」

「三枝といいます。ここへ来るように言われて」

「そうか。——ちょっと待って」

その男は開け放したドアから、「おい、町田！　客だ」

と呼んだ。

「はい！——あ、三枝さん？」

やって来たのは、思いの外若い男だった。三十そこそこという感じか。

「さっき、電話で——」

「ありがとう。わざわざ悪いね。入って」

——警察署の中へ入るのは初めてだ。

彩乃は、古ぼけた机が並ぶ部屋へ入って行った。

「町田進《すすむ》です」

と、その若い刑事は名刺を渡して、「そこへかけて」

今にも壊れそうな応接セットだった。

彩乃は、このN署の町田刑事に電話をした。そしたら、

「直接話を聞きたいので、来てほしい」

と言われたのである。

「ええと……。牧原健児って人が刺されて、犯人は市川佑美、と……。君が係《かかわ》ったときの話を聞かせてくれるかな」

「係ったといっても……。私、母が倒れて入院したので、ついて行ってて……」

彩乃は、傷ついた牧原が支えられてやって来たこと、後を追って、市川佑美が包丁を手に現われたことを話した。

町田はメモを取りながら聞いていたが、

「――なるほど。いや、居合せた看護師さんからも話は聞いたんだけど、君の口からも聞いておきたくてね。勇気があるね」

「いえ……。母が手術中だったし、緊張してたんだと思います」

と、彩乃は言った。「あの市川さんって、今はどんな風ですか？」

「落ちついてるよ」

「そうですか」

彩乃は少しホッとした。「家族の方は、どなたかいるんですか？」

「いや、少なくとも東京にはいないようだ。両親は亡《な》くなってるようだし、親戚《しんせき》といっても、連絡してほしくないと言ってるから」

「分ります。でも――あの人、妊娠しているそうですし、気をつかってあげて下さいね」

町田は微笑んだ。

「分った。むろん、こちらも気を付けているよ。君は優しいね」

「いえ……。女同士ですから」

と、彩乃は言った。

「君の連絡先を聞いていいかな？　仕事場とか……」

「あ……。今、仕事を探してるところなんです。ケータイの番号でしたら……」

町田は、彩乃のケータイ番号とアドレスを聞いて、

「ありがとう。特に用がなければ、連絡しないよ」

と言った。

「デートに誘うかもしれんぞ」

と、口を挟んだのは、さっきの白髪の男だった。

「三《み》ッ橋《はし》さん、やめて下さいよ」

と、町田は言い返した。「本気にされちゃうじゃないですか」

三ッ橋と呼ばれた白髪の男は笑って、お茶を飲んでいた。

「君は——大学生じゃないんだね」

と、町田は訊いた。

「はい。劇団の研究生です」

「役者さん？」

「まだまだ卵です」

「お宅は……ご両親の家？」

「そうです」

「お父さんの名前、教えてくれる？」

「父ですか？　三枝勇介です」

彩乃がメモ用紙に父の名を書いた。

「分った。ありがとう。お母さんの具合はどうなんだい？」

別に事件とは関係ないと思ったが、彩乃は一応、母の様子など話して、

「入院が長引かないといいんですけど」

と言った。

「本当だね。お大事に」

「ありがとうございます。あの――もう帰っても？」

「うん、結構だよ。わざわざ悪かったね」

「いえ……」

と、彩乃は立ち上った。

すると、お茶を飲んでいた三ッ橋が、

「君のお父さん、三枝勇介というのか」

と言ったのである。

「そうですけど……」

「お母さんの名は？」

「佑香です」

「旧姓は何だね？」

「ええと……厚木、です。どうしてですか？」

「厚木。――そうか」

と、三ッ橋は肯《うなず》いて、「いや、別にどうというんじゃないが……」

「何ですか？」

「君は、お母さんの母親が誰かに殺されたってこと、知ってるか？」

と、三ッ橋が訊いた。

あまりに唐突な「殺された」という言葉に、彩乃はどう受け止めたものか、分らなかった。

若い町田刑事が、先に口を開いた。

「三ッ橋さん！　びっくりさせないで下さいよ」

「いや、すまん」

三ッ橋は古ぼけたソファに腰をおろすと、「何も知らなかったのか」

と、彩乃に言った。

「私の祖母が、ってことですか」

と、彩乃は言った。「亡くなったことは知ってますけど、私が生まれる前のことで、それ以上は何も……」

「そうか、もう二十年以上……。君は今、いくつだ？」

「十九歳です」

「じゃ、二十一、二年たってるんだろうな。俺が三十ぐらいで、えらく張り切ってたころの事件だ」

「祖母は……殺されたんですか。誰に？」

「分らん」

と、三ッ橋は首を振って、「厚木……邦子といったかな」

「祖母は邦子です、確かに」

と、彩乃は言った。「どうしてそんな……。強盗にでも？」

「そうじゃないかということになった。母と娘の二人暮しだった。その娘が、君のお母さんだな」

「犯人は捕まらなかったってことですね」

「うん。――君のご両親が知り合ったのは、その事件のときだよ」

三ッ橋は、三枝勇介が、母、佑香に助けを求められたという、その夜の出来事を話してくれた。

「――いや、びっくりさせてすまん」

と、三ッ橋は言った。「三枝勇介という名前に聞き覚えがあってね」

「母も何も話してくれませんでした」

「もう昔のことだよ」

と、町田が言った。

「ああ」

三ッ橋は肯いて、「俺は、まだ殺しの現場など、ほとんど見たことがなかったんでな。あの事件の記憶が強烈で……」

「祖母は……どんな風に？」

「胸を刺されて……。刃物も見付からなかった。たぶん強盗だろうということにはなったが、部屋の中は荒らされていなかった」

「それって……どこでの話ですか？」

「郊外の団地だよ。その7号棟だった」

と、三ッ橋は遠くを見るように、「寒い日だったな」

彩乃は、ともかくあまりに突然の話に当惑していた。

「いや、すまない」

と、三ッ橋は息をついて、「いきなりこんな話でびっくりしたろう」

「はあ……」

　町田が苦笑して、

「三ッ橋さん、このところ暇ですからね。過去に浸ってるんじゃ？」

「こいつ！」

　と、三ッ橋が町田をにらむ。

「刑事さんが暇だって、いいことじゃないですか」

　と、彩乃は言った。

「そうじゃない。俺だけさ。この間、心臓の発作を起してな」

「あ、そうなんですか。すみません」

「いや、謝ることはないよ」

　と、三ッ橋は微笑んで、「あのとき、生まれてもいなかった子が、こんなに大人になってるのかと思ってね」

「未成年ですけど」

　と、彩乃は念のため言った。「祖母の事件って、新聞とかに出たんですか？」

「もちろんだ。しかし、結局怪しい人間も見付からなかったからな。何度も記事にはなってないだろう。いつの新聞か、調べてやろうか？」

「お願いします」

「ここじゃ分らないが、後で調べて、メールで送るよ」

「僕に言って下さい」

と、町田が言った。「三ッ橋さん、メールとか、その手のものに弱くって」

彩乃は、とりあえず父のことを一瞬でも忘れられて良かったと思った。もちろん楽しい話ではないが。

「――じゃ、失礼します」

と、彩乃は立ち上った。

「そうだ。〈7番街の殺人〉」

と、三ッ橋が言った。

「え？」

「いや、7号棟での事件だったろ。あのころ〈10番街の殺人〉って曲がはやってたんだ。それで、担当の間で、何となく〈7番街の殺人〉って呼んでた。今、思い出したよ」

「〈7番街の殺人〉ですか……」

彩乃には、一向にピンと来なかった……。

7　仕事

二日後には、母、佑香が一般病棟に移った。

彩乃はホッとしたが、同時に、父のことを話さなければ、と思った。

いつまでも隠しておけるものではない。

でも――何と言おう？　その翌日、彩乃は病室へ行って、

「――お母さん」

と、明るく話しかけた。「気分、どう？」

「うん。――もうリハビリを始めるって言われてるよ」

「本当！　良かったね」

手術は成功したものの、佑香は右半身に軽い麻痺《まひ》が残っていた。

病院内のリハビリ施設で歩行訓練をするのだと、彩乃も医師から聞かされていた。

「ほとんど元の通りになるって、先生も言ってたよ」

彩乃はお菓子の袋を置いて、「お母さんの好きなロールケーキ、買って来た。食べるでしょ？」

「ありがとう」

と、佑香はニッコリ笑った。

「久しぶりだな、お母さんのそういう笑顔」

「え？」

「入院して、若返ったみたいだよ」

「からかうんじゃないの、母親を」

と、佑香は笑って言った。

それから、佑香は天井に目をやって、

「彩乃、お父さんは……」

「あ、お父さんね。出張が長引いて……」

と、つい言いかけたが、「あの……お母さん」

「聞いたわよ」

「え？」

「久保さんって人から。お父さんの会社の」

「久保充子さん？　ここへ来たの？」

「ええ、昨日の夜。あんたが会社へ行ったことも聞いた」

「じゃあ……」

「あんた一人が苦労するね」

「お母さん……」

「無理よ。大人なんだから。家を出る決心をした人を、止められやしないわ」

彩乃は肩を落として、「気が付いてたら、止めたんだけど」

「でも、お母さんのこと、知ってて……。ひどいよ」

「そうね。私だって、ひどい奴《やつ》だって思うわよ」

「そうだよね！　ひどい奴だ」

そう言って、二人は何となく笑った。彩乃は少し気分が軽くなった。

「でも、ここで怒ってたって、お父さんには届かないのよ」

と、佑香は言った。「むだなことはやめましょう。もしお父さんが、その若い彼女に捨てられて、すごすご帰って来たら、思い切り怒鳴りつけてやりましょうよ」

彩乃は、母がこんな風に明るく話すのを聞いて、びっくりした。母はそういうタイプではないと思っていたからだ。

「うん、そうしようね」

と、彩乃は肯いて、「私、一発パンチ、食らわしてやる」

「殺さないでよ」

　と、佑香が笑って言った。

　殺す。――そう聞いて、

「お母さん、お父さんと知り合ったの、殺人事件のときだったんだって？」

　と、つい言ってしまった。

「え？」

　佑香が目を丸くして、「どうして、あんたがそれを知ってるの？」

「あ――ごめん。こんな話、するところじゃなかったね」

「彩乃……」

「あのね、刑事さんから聞いたの」

　ひと通り話すのにも大分手間取った。

　佑香が納得するには、ロールケーキをペロリと平らげる必要があった。

「あのときの刑事さんが……。そう」

「憶《おぼ》えてる？」

「何人かいたからね。未解決のまま、もう忘れられたと思ってたわ」

「お父さんも、その話、してなかったね」

「そうね。あれでお母さんに捕まったと思って、悔んでたんじゃない？」

「まさか」

「でもね……。今でも憶えてるわ。通りかかったお父さんに、部屋までついて来てもらって、一一〇番してもらった。あのとき、パトカーが来るまで、私、ずっとお父さんにしがみついてた……」

「そう……。でも、犯人は誰だったんだろうね」

「そうね。うちなんか、どう見たってお金ありそうになかったでしょうけど」

佑香は、ケーキを食べた後の紙皿を彩乃に渡して、「ごちそうさま」

「また買って来てあげる」

「ね、彩乃」

「うん？」

「お母さん……リハビリしなくても、つかまってなら歩けると思うし、これ以上入院してたら費用も大変だし、退院しようかと思ってるの」

彩乃はびっくりして、

「何言ってるの！　ちゃんと治ってから退院してよ。お父さんの退職金だって入るし、大丈夫だよ」

「でも、あんたのお芝居は……」

「芝居は——またいつでも始められる。私、まだ十九よ。心配しないで。今、仕事を探してるの。知ってる人にも頼んであるし、きっと見付かるわ」

話の中身より、言葉の勢いで母を説得しようとしていた。それは佑香にも伝わったようで、ちょっと涙ぐむと、

「ありがとう……。じゃ、あんたに甘えることにするわ」

「私が散々甘えて来たんだから、少しはお返ししないとね」

「でも、あんまり無理をしないでね。いくら若いからって、体をこわすよ」

「うん、分ってる。パートやアルバイトをいくつもかけ持ちっていうのは、やらないつもり」

とはいっても、自分に何ができるか、彩乃にも分らなかったが。

母の病室を出て、帰りかけると、

「あ、三枝さん」

と、ナースステーションから声がかかった。

「はい」

「牧原さんが、みえたら寄って下さいって」

「分りました」

もしかして、仕事の話だろうか？　でも、そんなに早く……。

期待外れになってはいけない、と自分へ言い聞かせつつ、彩乃はつい牧原の病室へと急いだ。

「――失礼します」

と、彩乃がそっとドアを開けると、

「あら、ちょうど良かった」

妻の中原真知子がソファにかけていた。

「先日はごちそうになりまして……」

「いえいえ。お母様はどう？」

「はい。昨日から普通の病棟に」

「それは良かったわね。あ、牧原は今、何だかガーゼを交換して、診てもらうとかで、出てるわ」

「そうですか……」

却《かえ》って少し落ちついて良かった、と思った。

「あの――看護師さんから、何かご用と伺って……」

と言って、「待たせていただいてよろしいですか？」

「ええ、もちろん」

と、中原真知子は微笑んで、「そうだ。これ、飲んでみて」

と、どう見てもワインか何かというボトルからグラスへ注ぐと、

「これ、ブランド物のウーロン茶なの」

「ウーロン茶ですか？　そんなボトルで売ってるんですか」

と、目を丸くする。

「そうなの。高いのよ！　でも、飲んでみて」

恐る恐る飲んで、

「――おいしいです！　いやな苦味とか全然なくて」

「ね？　牧原が好きなの。ぜいたく病ね。入院してる間は許してやる」

真知子の言葉に、彩乃は笑ってしまった。

「――それで、どう？」

と、真知子が言った。

「は？」

「来月から、できれば来てほしいんだけど」

彩乃は面食らっていた。真知子の方がびっくりして、

「何だ。あなた、牧原から何も聞いてないの？」

「あの……」

「私の付人になってもらう話」

「え？　私がですか」

「ちょうど、今までの人が辞めてね、不便してたの。それで、もし良かったら、って……。どうかしら」

彩乃はしばらく言葉が出なかったが……。

「やあ、来てたのか」

そこへ、牧原が戻って来た。

車椅子《くるまいす》を看護師に押してもらっている。真知子は皮肉っぽく、

「いいわね。可愛《かわい》いナースさんに押してもらって」

その若い看護師がちょっと笑って、

「ここへ来る間中、ずっとデートしてくれと口説かれてました」

「呆《あき》れた！　少し痛い目に遭わせてやって下さいな」

「勘弁してくれよ！　痛い目には毎日遭ってる」

　と、牧原はあわてて言った……。

牧原がベッドに戻ると、

「奥様からお話を伺いました」

　と、彩乃は言った。「でも——私なんかにつとまるでしょうか」

「それは、色々大変なこともあるわよ」

　と、真知子が言った。「まず人の顔と名前を憶えないとね。プロデューサーやディレクター、関係者は山ほどいるわ」

「はい」

「それと、決った休みがない。私の仕事が入っていれば、土曜も日曜も出勤。それも、時間はその日によってバラバラ」

「はい」

　どんな仕事でも大変だ。彩乃にもその覚悟はできていた。

「おい、ちゃんとお金の話をしろよ」

　と、牧原が言った。「この子は、入院してる母親の面倒をみなきゃならないんだぜ」

「女の子一人、生活して行けるだけは、ちゃんと払うわよ。それと、あなたは命の恩人にプラスアルファを出しなさい」

「分ってる。――な、三枝君、こいつと付合ってくのは楽じゃないが、もしよかったら、やってみないか」

「もちろんです！　ありがとうございます」

彩乃は深々と頭を下げた。

「じゃあ……できれば早い方がいいんだけどね」

「分りました。ただ……私、今度の只野さんの舞台に出ることになっていて。それだけは出たいんです」

「じゃ、その舞台が終ったら、ってことにしましょ」

真知子はきっぱりと言った。決断の早い人らしい。

「あの……一つ、お願いが……」

と、彩乃は言った。

――彩乃が中原真知子を母に引き合わせると、

「まあ……」

佑香はただ唖然《あぜん》としているばかりだった。

「中原さんの付人として雇っていただくことになったの。安心でしょ？」

佑香は息をついて、

「心配よ。あんたにつとまるかどうかね……」

と言った。「中原さん。この子をよろしくお願いします」

「任せて下さいな」

と、真知子は言った。「何しろ、ああいう世界ですから、女ぐせの悪いのが主人以外にも大勢います。でも、彩乃ちゃんには手を出させませんからご安心を」

大真面目《おおまじめ》な話に、佑香も笑顔になった。

同じ病室の他の患者が、

「中原真知子だ……」

と言っているのが聞こえる。

「では、お大事に」

と、真知子は佑香の手を握って言った。

「ありがとうございます」

「お母さん、私、中原さんをお送りしてくるわ」

「もう仕事？」

と、真知子は微笑んで、「じゃ、このバッグを持ってくれる？」

「はい、もちろん！」

彩乃は、真知子のバッグを持って、母の病室を出た。

病院の玄関を出て、真知子の乗ったタクシーを見送ると、彩乃のケータイが鳴った。

「やあ、町田だけど」

あの若い刑事だ。

「どうも……」

「例の〈7番街の殺人〉の記事を、君のパソコンのアドレスへ送っておいたよ」

「ありがとうございます」

「三ッ橋さんが、何かまた話したいことがあるって」

「分りました」

――祖母が殺された7号棟。

彩乃は、ふと、一度そこへ行ってみようと思った。

8　過去

どこでバスを降りればいいのか……。

彩乃は、何度も窓の外を振り返って見ていた。

あ。あれかな？

古びた感じの団地らしい建物が目に入って、あわてて降車ボタンを押す。

しかし、実際はもう一つ先のバス停で降りるのだったが、そう大した距離でもなかった。むしろ、辺りがどんな所なのか見られて良かった。

昼下り。舞台の稽古のない日、三枝彩乃は母が父と出会った団地、祖母が殺された団地へとやって来た。

どんな所なのか。――かつて事件を調べた三ッ橋刑事によると、「寂しい場所だった」というが、確かに今見ても、あまり当時と変らないのではないかと思えた。

それでも、バスはかなりの数、出ているのがふしぎだった。

七十はとっくに過ぎているだろうと思われる女性が、ゆっくりとショッピングカートを引いて歩いて来る。

彩乃は、他に人がいないせいもあり、何となく会釈《えしゃく》した。

すれ違って行こうとすると、

「――あんた、どこへ行くの？」

と、その人に訊《き》かれて、足を止める。

「え……。そこの団地です」

と、彩乃が答えると、

「あんた、そこに住んでるの？」

「いいえ。そういうわけじゃ……」

「そうでしょうね。見かけたことないものね」

「あの……今でも大勢住んでらっしゃるんですか？」

「その団地？　いいえ。すっかり年寄りばっかりになってるよ」

「じゃ、若い人は――」

「若い人たちは、この先の新しい団地に住んでる。十階建で、エレベーターも付いてるしね」

「ああ、それじゃ、新しい団地が……。それでバスが沢山出てるんですね」

「あんた、その古い団地に知り合いでも？」

よほど暇と見えて、足を止め、すっかり話し込むつもりでいるらしい。

「そうじゃないんです」

祖母の事件について、説明するのも面倒で、

「ちょっと約束がありまして。失礼します」

失礼にならない程度に頭を下げて、彩乃はそのまま団地へと向った。

古びた看板があった。〈望丘団地〉。〈のぞみがおか〉と、かなが振ってある。

いかにもお役所が付けたという名前だ。

団地の名前は、町田刑事が送って来てくれた新聞記事にも出ていなかったようだ。

「一番近いのが9号棟……」

三ッ橋刑事が、当時のメモを見て説明してくれた通りだった。この道沿いに、〈8〉〈7〉と並ぶ。

あれだ。——7号棟。

三ッ橋刑事たちが〈7番街の殺人〉と呼んだ事件の現場。

しかし、7号棟の出入口は彩乃の歩いて来た歩道の近くにはなく、一旦《いったん》団地の中へ入って行かねばならなかった。

出入口の両側には自転車置場がある。しかし、屋根はあちこちが破れ、自転車はほんの数台しかなかった。それも、錆《さ》びついて、放置されているとしか思えない。

ここの……〈302〉。

彩乃は足を止め、建物を見上げた。

並んだ窓には、カーテンのないものが多かった。そして、洗濯物らしいものも見えない。

人が住んでいるのだろうか？

足を踏み入れるのを少しためらったが、ともかくせっかくここまで来たのだから、と入ってみることにした。

薄暗い階段を上って行く。〈３０２〉だから、三階だろう。

踊り場には枯葉や紙屑《かみくず》がたまっていた。ちゃんと掃除していないようだ。

三階。——彩乃は左右の廊下を見渡した。

乳母車が引っくり返っている。

ルームナンバーを見て行くと、〈３０４〉〈３０３〉とあって——。

「ここか……」

〈３０２〉。ルームナンバーも文字がかすれている。表札には何も名札がなかった。

誰も住んでいないのだろう。——彩乃は、しばらくそのドアの前に立っていたが、やって来たものの、どうするというわけでもない。

ただ、ここに若い日の母がいた、というだけで。そして、父もここへ足を踏み入れて、殺されている祖母を発見し、一一〇番した……。

それがあって、今の自分がいるということが、何だか実感なく、奇妙な感じだった。

風が吹くと、外廊下にたまった砂埃《すなぼこり》がザーッと音をたてた。

いつまでもここにいたって仕方ない。

彩乃は立ち去ろうとして——ほとんど無意識にそのドアのノブをつかんでいた。

そして——何と、ドアが開いた！

え？　どうして？

ともかく開いてしまったのだ。そっと中を覗《のぞ》き込む。

すると——。

「何のご用？」

と、声がして、彩乃はびっくりして飛び上りそうになった。

声は廊下からで、振り向くと、さっき出会った、あの七十過ぎの女性が立っていたのである。

「あ……。すみません！」

と、彩乃はあわてて、「ここ——どなたか住んでらっしゃるんですか？」

「いいえ。空《あき》部屋よ」

と、首を振って、「でも、管理人が時々こうして開けて風を通すの。窓を開けてあるでしょ」

「ああ……。そうですか」

「あんた、何の用でここに？」

「私……というか、私の母が、昔ここに住んでたんです」

「ここに？　この〈302〉に？」

「はい。私は初めて……」

「あんた、知ってるの？　ここで事件があったってこと」

「ええ」

　と、彩乃は肯いた。「ここで祖母が殺されたんです」

「あんたが、あのときの娘さんの子供なのね」

　と、その女性はお茶を出してくれて、「もうそんなにたったのね……」

　と、感慨深げに彩乃を眺めた。

　その人は、須山圭子《すやまけいこ》といった。

「もう七十五なのよ」

　と言ったが、元気そうだ。

　彩乃は、9号棟の一階にある〈106〉に来ていた。須山圭子が一人暮しをしているという。

「7号棟はもう誰も住んでないの」

と、須山圭子は自分もお茶を飲んで、「特にあの事件の後は、入居する人もなくて、どんどん出て行くばっかりで。無理もないわよね」

「ここには住んでる方が？」

「五軒くらい入ってるわね。他の棟も似たようなもんよ」

と、圭子は言った。「いずれ、誰もいなくなったら、取り壊して何か別の物を建てるんだろうね」

彩乃はゆっくりお茶を飲んで、

「須山さん。――その晩のこと、憶えてらっしゃいますか？」

「あの事件のとき？　そりゃあ、忘れないわよ。この団地に、あんな大事件が起きたなんて、後にも先にも、あのときだけだからね」

「そうですか。――私はもちろん生まれてなかったし、母もどうしてあんなことが起ったのか、見当つかないみたいです」

「あのとき、あんたのお母さんのそばに男の人がいたのは憶えてる。ただ夜だったから、暗くてよく見えなかった」

「それが父です」

「ふしぎなものね、人の縁って」

と、圭子は言って、お茶をすすった。「三枝さんっていうんだっけ？」

「はい、そうです」

「この団地に住んでたんだね。たぶん、顔くらいは見てたろうけど、どの人だったかは分らないわ」

「父は――4号棟にいたようです」

「4号棟。そう……」

と、圭子は何か思い出そうとしているように、「4号棟ね」

とくり返した。

「母と祖母のことは、ご存知でしたか？」

「ええ。会えば『こんにちは』ぐらい言ってたし、時々は買物にも一緒で。――でも、そう話をしたことはないわね」

「祖母と母の二人暮しだったそうですね」

「そうだったわ。ご主人は初めからいなかったと思う」

「二人でここへ入居したってことですか」

「たぶんね」

「すみません、色々訊いて。今、母は入院しているものですから」

母、佑香の病気のことを話すと、

「まあ、大変ね。でも命を取りとめて良かった」

「そうなんです。リハビリすれば、かなり元に戻るだろうって言われてます」

彩乃は、ここへやって来るきっかけになった三ッ橋刑事のことを話した。

「——ああ！　そんな名前の刑事さんが来たわ」

と、圭子は手を打って言った。

「憶えてらっしゃるんですか？」

「思い出したのよ。何だか〈八つ橋〉みたいな名前の刑事さんだなと思ったの。そうそう、三ッ橋さんっていったわね。あの後この辺をずっと——聞き込みって言うの？　一軒ずつ訊いて回ってたわ。誰か怪しい人間を見なかったか、とかね」

「そうですか。でも、結局手がかりがなかったんですよね」

「そのようね。まあ、あのころから寂しい団地だったから、見慣れない人間がいれば目についたと思うけど」

少し話が途切れて、彩乃はお茶を飲むと、

「――すみませんでした。お邪魔して」

「いいえ、いいのよ。どうせすることなくてさ」

と、圭子が笑って言った。

「母も、リハビリして歩けるようになったら来てみたいと思うかもしれませんけど。――でも、辛《つら》い思い出ですものね」

「本当にねえ。一体誰があんなひどいことしたのかしら」

彩乃は失礼することにした。

「じゃ、私も一緒に出るわ」

と、圭子も立って、「買物に行くのを、引き返して来ちゃったんで」

「私のせいですね。すみません」

9号棟を出ると、彩乃は、

「もう一度、あの部屋を覗いて帰りたいんですけど、いいでしょうか」

「構わないわよ。夕方になると、ここの管理事務所の人が来て、窓を閉めて鍵《かぎ》かけるの。じゃ、お達者で」

「ありがとうございました」

彩乃は、ショッピングカートを引いて行く須山圭子の後ろ姿を見送って、もう一度

7号棟へ向ってみた。

〈302〉に行き、中に上ってみた。

血痕《けっこん》などが残っているかと思ったが、さすがにきれいに清掃してあるようだ。

でも――ここで母親の死体を見付けたときの佑香の気持はどうだったろう、と彩乃は思った。

確かに、物盗《ものと》りにしては、この団地を狙《ねら》うというのがふしぎだ。祖母に何か個人的な恨みがある者の犯行だったのか……。

中を見て回り、部屋を出た。

そして、表の通りへ出ると、

「あ……」

何と、また須山圭子が立っていたのだ。

「あの――」

「ごめんなさい、びっくりさせて」

と、圭子は言った。「実はね、思い出したことがあって」

「え？」

「あなたが、お母さんのリハビリのこと、話してたでしょ。それでね、フッと思い出したの。足の悪い人がいたのよ」

「足の悪い人？」

「朝、私がゴミ捨てに出ると、何だか薄汚ない格好の男が、片足を引きずりながら目の前を通ってったの」

「それって……あの事件の日のことですか？」

「ええ。あの日はあの後雨になって、出したゴミのことが気になってね。――すっかり忘れてたわ、あの男のこと……」

「そうですか」

圭子は、ちょっと笑って、

「ごめんなさい。今さらそんなこと言われたって困るわよね」

と言った。「さ、今度こそ買物に行かなきゃ。バス停まで一緒に行きましょうか」

「はい」

面白い人だ、と彩乃は思った。

怪しい男？　今ごろ三ッ橋刑事にそんな話をしても、取り合ってもらえるかどうか。

ちょうどバスの来るのが見えて、

「あ、それじゃ……。どうも」

あわただしく、彩乃はバス停へと駆け出していた……。

9　幕が下りて

本番の日々はアッという間に過ぎて行った。

もちろん、商業演劇の世界とは違うから、一つの劇場で一か月も公演するなどということはない。

劇団〈風祭〉の公演〈風下に行く〉は、十日間の公演を終えたのである。

幕が下りて、客席の拍手が消え、帰って行く客たちのざわつきが聞こえる。

彩乃も一応セリフのある役なので、カーテンコールに出ていた。

終った……。まだ実感がない。

「はい、片付けもちゃんとやって」

と、劇団の中の古顔の女性が声をかける。

「はい！」

真先に動くのは、鈴木由樹だ。彩乃も、むろんすぐに手伝う。

「彩乃、いいよ。疲れたでしょ」

と、由樹が言った。

「大丈夫よ。私なんか新人だもん」

一緒になって、セットの椅子や机を片付ける。

「おい、彩乃」

と、只野が言った。「メイクを落とせ。汗が乾くと落ちにくくなるぞ」

「あ……。はい」

彩乃は由樹へ、「ちょっとごめんね。すぐ戻る」

「いいよ、急がなくて」

もちろん、他のメンバーも手伝っている。

彩乃は楽屋へ駆け込むと、せっせとメイクを落とした。もともときついメイクではないので、そう手間ではなかった。

そばに只野が来ていた。

「よくやったな」

「どうも……。ちょっとセリフ、かんじゃいました」

「大丈夫。自分で思ってるほどはひどくないよ」

「そうですか？」

「ラスト二日ぐらいで、ひと皮むけた。次はもっと複雑な役がいいな」

次は、と言われて彩乃の手が一瞬止った。

もちろん、状況は只野に話してある。忘れてはいないだろう。

だが、彩乃が口を開く前に、他の団員が呼びに来て、只野は行ってしまった。


打上げは、劇場の近くの居酒屋だった。

只野も久々に酔って、大声で笑っている。

彩乃は初めの二十分ほど出て、そっと抜け出した。

「――彩乃、帰るの？」

由樹が気が付いて出て来た。

「うん。用があって」

「でも、只野さんは……」

「いいのよ、もう」

「それって……」

と、由樹が口ごもった。

「そう。そういうこと。もう終り」

「お芝居もやめるの？」

「そうじゃない。でも、今は見通し立たないしね」

「そう……。辛いね」

由樹には詳しい事情も話してあった。

「新しい経験ができるわ。勉強になる」

「そうね」

「じゃ、お先に」

「彩乃。――連絡してね」

「うん」

彩乃はその場を足早に離れた。

そのまま、只野のアパートに戻ると、ここへやって来たときに使ったスーツケースを引張り出し、自分の物を詰めた。

服や小物、化粧品など、大した量ではないと思っていたが、詰めてみると結構入り切らない。

ここで暮すようになってから、色々細かいものを買ったりしているのだ。

仕方なく、デパートやスーパーの手さげ袋に、入り切らない物を入れた。そして、浴室へ入ると、バスタブを洗い、排水口にたまった髪の毛などを取り除いた。

もう、ここへ来ることはないだろう。

決心するのは容易ではなかった。しかし、只野との生活を続けながら、中原真知子の付人はとてもつとまらないだろう。

加えて、母が退院したらその面倒もみなければならない。——彩乃は、悩んだ末に決心したのだ。

「さあ……。行こうっと」

額の汗を拭《ふ》いて、スーツケースを玄関へと運ぶ。そのとき——ドアが開いた。

「先生……」

只野が立っていたのだ。

只野はスーツケースを見て、

「本当に行くのか」

と訊いた。

「ええ。そのことは——」

「ああ、分ってる」

只野が上って来ると、「しかし、こんなにすぐとは思わなかった」

酔っているのだろう。足どりが怪しい。

「もう明日から中原真知子さんの付人ですから」

只野は部屋の中へ入って行くと、

「手っとり早く片付けたもんだな」

「お帰りになる前に、と思って。打上げ、もう終ったんですか？」

只野は彩乃の言葉を聞いていないようで、

「いいか。俺はお前を気に入ったから、ここへ置いてたんだ」

「分ってます」

「俺が出て行っていいとも言わないのに、勝手に行っちまうのか。お前はそんな恩知らずだったのか」

いつもの只野と違っていた。ねっとりと絡《から》みつくような視線が彩乃を怯えさせた。

「先生。感謝してます、私。でも、私だって出て行くのは辛いのに――」

「感謝だと？」

只野は彩乃へ詰め寄って、「お前は俺を愛してたんじゃなかったのか！　感謝してただけなのか！」

「やめて下さい、先生。大声を出すとご近所が……」

もともと只野の声はよく通る。今は酔って、さらに大きな声になっていた。

「彩乃」

只野がいきなり彩乃を抱きしめた。

「先生……。だめですよ」

押し戻そうとしたが、無理だった。

「彩乃！　行かないでくれ！」

突然、只野の声は絞り出すような叫び声になった。

「先生――」

只野は彩乃を畳の上に押し倒した。

「いやです！　――やめて！　先生、やめて！」

荒々しく彩乃の首筋に唇を這《は》わせ、只野は彩乃の膝《ひざ》を割ろうとした。彩乃は必死で抵抗した。

もし、「最後にもう一度抱かせてくれ」と頼まれれば、彩乃は拒まなかったかもしれない。しかし、今、彩乃を犯そうとしているのは、いつもの只野ではなかった。

「やめて！」

只野の体の下から懸命に這い出す。――玄関のドアを叩《たた》く音がして、ハッと只野の動きが止った。

「どうかしました？」

隣家の奥さんの声だった。

彩乃は起き上ると、

「何でもありません！」

と、返事をした。「すみません、お騒がせして」

サンダルの音が離れて行く。

彩乃は立ち上ると、乱れた髪を手でなでつけて、

「行きます、私」

と言った。

「そうか。――行け」

畳にあぐらをかいた只野は、ふてくされたように、「さっさと出て行け」

こんな――こんな別れ方って……。

彩乃はスーツケースを廊下に出して、手さげ袋を持つと、

「お世話になりました」

と、頭を下げた。

「おい、彩乃」

「はい」

「二度と戻って来るな。俺の劇団には入れんぞ」

「はい……」

ドアを閉め、スーツケースを手に持つ。転がすとうるさいだろうと思ったのだ。

アパートから外の通りへ出ると、初めて涙が溢《あふ》れて来た。

「ひどい……。こんなこと……」

呻《うめ》くように言って、彩乃はしばらくその場にうずくまって泣いていた……。

足どりは重く、暗い夜道に吸い込まれてしまいそうだった。

「やっと……」

こんなに遠かったっけ？

家に辿《たど》り着いたとき、彩乃はくたびれ切っていた。

鍵を取り出す。空っぽの家へ帰って来ても、心は穏やかにならなかった。

鍵をあけて、入ろうとすると、

「やあ」

と、突然声をかけられて、彩乃は本当に悲鳴を上げてしまった。

「ごめん！　びっくりさせちゃったか」

薄暗い中、聞いたことのある声だ。「僕、N署の町田だよ」

あの若い方の刑事だ。

「ああ……」

と呟《つぶや》いたきり、彩乃はしばらくドアにもたれて動けなかった。

「いや、ごめんよ。そんなにびっくりした？　まあ、時間遅いしね。仕事の帰りに寄ったんだけど……」

「いいんです……。すみません」

やっと声が出た。「ぼんやりしてたもので……」

「荷物、中に入れようか」

町田は、スーツケースも手さげ袋も、全部持ってくれた。

彩乃は入って明りを点《つ》けると、

「すみません。上り口に置いといて下さい。どうぞ中へ。——コーヒーでも淹《い》れますね」

「いや、構わないで」

「私も飲みたいんです。どうぞ、かけて下さい」

彩乃は残っていたコーヒー豆を挽《ひ》いて、お湯を沸かし、ていねいにコーヒーを淹れた。それがずいぶん彩乃の気持を落ちつかせた。

「——ありがとう。いい香りだ」

と、町田は微笑《ほほえ》んで、「一人暮しなんでね。インスタントのコーヒーしか飲まないんだ」

「そうですか」

彩乃自身も、コーヒーをゆっくりと飲んでホッとした。

「旅行帰り？」

「え？　ああ、スーツケースだから？　そうじゃないんです。男の人と一緒に暮してたんですけど、今日別れて。自分のもの、持って帰って来たんです」

「はあ……」

町田は面食らった様子で、「そう……だったの」

彩乃のことを、改めて見直した、という顔だった。その表情が面白くて、彩乃は笑ってしまった。

「私のこと、もっと子供だと思ってたんでしょ」

「そうだね……。ちょっとびっくりしたけど……。まあ、もちろん恋もするよね」

「町田さん、恋人は？」

「うん……。二人いたけど……どっちも振られた」

正直な男なのだ、と思った。

「何かご用だったんですか？」

「あ、そうそう。忘れるとこだったよ」

町田は上着のポケットから折りたたんだ紙を取り出して、「あの事件の新聞記事を送ったけど、別に、週刊誌に載ったのがファイルに入っててね。一応渡しとこうと思って」

「祖母の事件ですか。わざわざすみません」

「いや、何もこんな遅くに来なくたって良かったんだけどね」

「いえ……」

彩乃は、照れている町田の様子に心が和《なご》むのを覚えた。「私も、本当ならご連絡しなきゃいけなかったんですけど……」

あの団地を訪ねてから、忙しい日々で、三ッ橋にも連絡していなかった。

「三ッ橋さんに伝えていただけますか」

彩乃は、あの団地で須山圭子から聞いたことを、町田に話した。

町田はメモを取って、

「分った。三ッ橋さんに伝えとくよ」

と肯《うなず》いて言った。

「私、明日から忙しくなると思うんで」

彩乃の説明を聞いて、

「付人か。何をするんだろうね」

「何でもだと思います。時間や場所もまちまちで。でも、せっかく与えられた仕事ですから、精一杯やります」

「大変だね」

父親がいなくなったことも聞いて、町田はため息をつくと、「まだ十代の君が、この生活を担《にな》うのか。僕には何もできないけど……。無理しないようにね」

「町田さん。優しいんですね」

「いや……。気楽に暮してるからかな」

町田は照れたように言って、「じゃ、失礼するよ。コーヒー、おいしかった」

彩乃は玄関で町田を見送ると、ホッと息をついた。町田が訪ねて来てくれたことが、嬉《うれ》しかった。

「さあ……。頑張らないと」

自分に向ってそう言うと、まず重いスーツケースをリビングに運び込んで、開いたのだった……。

只野の所から持って帰った物を片付けるだけでもいい加減時間がかかって、彩乃がやっと風呂《ふろ》に入ったときは、もう夜中になってしまっていた。

「ああ……」

お湯に浸《つか》って、思わず声が出た。

明日からは、新しい生活が始まる。――果してやっていけるものなのか、不安はむろんあった。

しかし、心配していても仕方ない。ともかく、やるしかないのだ。

一、二週間の内には、母、佑香も退院して来る。リハビリで、ずいぶん回復はしているが、以前の通りとはいかない。

中原真知子の付人をしながら、母の世話ができるか。佑香はもちろん、

「何でも、一人でできるから、もう大丈夫」

と言っているが……。

「――え？」

ケータイが鳴ってる？

急な連絡があったときのために、洗面台の上に置いてあるので、着信音が聞こえたのだ。

彩乃は裸のまま、濡《ぬ》れた体で浴室を出た。

ケータイはまだ鳴っている。中原真知子からだ！

「はい、三枝です」

「ああ、まだ起きてたのね」

「すみません、お風呂に入ってて」

「明日は朝八時に迎えに来て」

「かしこまりました」

「私の方から言うのは、今日だけよ。明日からは、あなたが翌日のスケジュールを見て、迎えの時間を決める」

「はい」

「じゃ、よろしくね」

「はい、私の方こそ――」

と言いかけたが、もう切れていた。

付人の仕事が始まったのだ。

「クシュン！」

裸でいたのでクシャミが出て、彩乃はあわてて浴室へ戻り、もう一度お湯の中へ飛び込んだ。


風呂から上って、パジャマを着ると、明日の仕度。——両手が使えた方がいいと思って、リュックを買っておいた。

中原真知子から言われている必要な品を、ともかくリュックに入れる。後はその場で対応していくしかない。

メモを見て、忘れているものがないか、チェックしていると、ケータイが鳴った。

「あら……。久保さんだわ」

父の同僚だった久保充子からだ。

「はい、三枝です」

「彩乃さん？　久保です。こんな時間にごめんなさい」

「いえ、まだ起きてます」

と、彩乃は言った。「何か？」

「実は、今夜、お父様から電話があったの」

「え？　何と言ってました？」

「奥様とあなたのことを心配していたわ。一応、奥様は大分回復されたと言っておいたけど」

「そうですか……」

「いけなかったかしら」

「いえ、とんでもない。本当のことですから」

「あなたのことは、迷ったんだけど、何かお仕事を見付けたようです、と言っておいた。どんな仕事かは言わなかった」

「それでいいです。父は――元気そうでしたか？」

「さあ……。あまり元気にもしていられないでしょ。あなた方のことを訊くのに」

「どこにいるとか言ってましたか」

「いいえ。訊いてみたんだけど、『今はまだ落ちつかないから、落ちついたら連絡する』と……。私、せめて娘さんに電話して下さいって言ったんだけど」

「それで――」

「今はとてもかけられないよ、とおっしゃってたわ」

「私も、今は父のこと、考えてなんかいられません。明日から中原真知子さんの付人の仕事が始まりますから」

「そう。明日から？　――頑張ってね」

「はい」

「偉いわね。何か困ったことがあったら、いつでも電話して」

「ありがとうございます」

と、彩乃は言って、「父の恋人、大丈夫なんでしょうか」

「さあ、彼女のことは何も言ってなかったわね」

彩乃は礼をくり返して、切った。

今さら、放り出した妻と子のことを気にしていると言われても……。

それでも、父が妻と娘のことを案じていたということ。それだけで、少しホッとしている彩乃だった。

10　ロケ

「おはようございます！」

彩乃の声がセットに響いた。

「ああ、おはよう」

と、ちょっと手を上げて見せたのは、このＴＶドラマのプロデューサーである。

「君、よく声が通るね」

「演劇をやっていたので」

と、彩乃は言った。

「ああ、そうか」

プロデューサーは肯いて、「中原さんが言ってたな、そう言えば。役者をしてる子なんだって。今もやってるの？」

「いえ、もう今はやってません」

と、彩乃はきっぱりと言った。

「そうか。付人をしてたら、大変だからな。しかし、今有名な役者でも、以前はスターの付人だった人もいる。諦《あきら》めることはないよ」

「ありがとうございます。でも、今は付人としてプロにならなくちゃいけないと思っています」

「そうか。——いい覚悟だ」

今、中原真知子が準主役で出演しているTVの連続ドラマのプロデューサー、加藤《かとう》文彦《ふみひこ》は五十前後のおっとりした男である。真知子が若くて映画で活躍していたころに現場で働いていたとかで、真知子とは古い顔なじみらしい。

彩乃にも何かと声をかけてくれていた。

室内シーンのセットはまだ人気《ひとけ》がなくて、静かだった。

「どうだ、少しは慣れたか」

と、加藤が訊《き》く。

「なかなか……。気がきかないんで、私。昨日も、真知子さんに間違えて日傘渡しちゃいました」

「そんなのは珍しくないよ。彼女も言うことは厳しいが、君のことは気に入ってる」

「そうでしょうか。もう三か月以上たってるのに、さっぱり要領が悪くて」

「それくらいでいいのさ。器用な奴《やつ》はつい油断する。無器用は長所だ」

「ありがとうございます」

彩乃はそう言って、「大津《おおつ》さん、遅いですね」

「うん。このセットで、今朝話すことがあったんだが……。あいつにしちゃ珍しい」

大津始《はじめ》はこのドラマのディレクターである。加藤とほぼ同年代のベテランだ。

いつも、どの役者よりも早くスタジオに入っているのだが……。

「真知子さんにお茶、淹れて来ます」

と、彩乃がスタジオを出ようとすると、当の大津がやって来て危うくぶつかるところだった。

「おはようございます」

と、彩乃が挨拶《あいさつ》しても、大津は何やら不機嫌な顔でジロッと見ただけで何も言わなかった。

彩乃が楽屋へ入って行くと、真知子が台本を開いている。

「今、大津さんがみえました」

と言いながら、お茶を淹れる。

真知子は、ペットボトルのお茶が好きでないのだ。

「そう。——今日は大丈夫かしら」

と、真知子が言った。

彩乃にも、それが誰のことを言っているのか、すぐに分った。

ドラマで真知子の夫を演じている大ベテラン、浅野《あさの》昌治《まさはる》のことだ。

今、六十八歳だから、それほどの高齢というわけではない。しかし、ほとんど毎日のように遅れてやって来る。

ひどいときは二、三時間も遅れることがあり、ＡＤが迎えに行ったりするのだが、当人は至って呑気《のんき》で、

「ちゃんと時間を言っといてくれないと」

などととぼけている。

何しろ、映画や舞台でも、長く主役をつとめて来たベテランなので、誰も浅野に文句は言えないのだ。

「そのせいかどうか分りませんけど、大津さん、ずいぶん機嫌悪そうでしたよ」

と、彩乃は言った。

「そう？　ま、ディレクターやプロデューサーは、大体いつだって機嫌が良くないもんよ」

と、真知子は言った。

「そうですね」

彩乃はつい笑ってしまった。真知子の言うことは正しい。

「ね、彩乃ちゃん」

「はい」

「〈風祭〉の新作舞台の広告が出てたわね」

彩乃はハッとして、

「——見ました」

「出たいでしょう」

「いいえ。私——只野先生と、すっかり別れたんです。二度と戻って来るなと言われてますし」

「そんなこと言ったの？　まあ……。ごめんなさい、つまらないこと言って」

「とんでもない。仲の良かった子が、ちゃんと役をもらってて、嬉しいです」

何かと彩乃を心配してくれていた鈴木由樹が、初めてセリフのある役で出ることになったのである。メールで知って、彩乃は、

〈おめでとう！　頑張ってね！〉

と、返信しておいた。

もし公演中に休める日があったら、見に行こうと思っていた。只野との別れに傷ついたことは忘れていないが、それはそれだ。

そこへ、ADがやって来て、

「すみません。加藤さんがお呼びで」

「あらそう。——彩乃ちゃんも来て」

「はい」

二人でスタジオに入って行くと、

「中原さん、すみませんが」

と、加藤プロデューサーが言った。「浅野さんが昨日転んで腰を痛めたそうで。一週間は入院だそうです」

「まあ……。役者なら、気を付けなきゃね」

「それで、団地のロケを先にやっちまおうと思いましてね」

と、大津ディレクターが言った。「あそこは浅野さんの出番がないので」

「ああ、そうね。いいですよ、私は」

と、真知子は肯いた。

「すぐ、ロケバスやスタッフを手配します。といっても、時間がかかると思うんで、すみませんが午後一時にここを出発ということで」

と、加藤が言った。

「まあ……。でも中途半端《はんぱ》ね。家に帰ってたら、またすぐ出て来ないと」

「どこかで仮眠なさって下さい」

と、彩乃は言った。「私、必要なものを取って来ます」

「ああ、それがいい」

と、加藤が肯いて、「ちゃんとベッドもあります。寝不足でしょう、いつも」

「そう？　じゃあ……。彩乃ちゃん、私の茶のベストと、黒っぽいスカートを二、三枚持って来といて」

「分りました」

「それと――」

「ヘアスプレーですね」

「分って来たわね」

と、真知子は笑って、「早く戻って来たら、あなたも少し眠れるわ」

「大丈夫です。若いですから」

と、彩乃は言った。

それでも、「念のため」と、色々荷物をつめて、彩乃は十二時ごろＴＶ局に戻って来た。

「――やあ、ご苦労さん」

と、大津がロビーにいて言った。「君、今の内にこの中の食堂でお昼、食べとけよ」

「はい、そうします。あの――真知子さんの分は」

「バスの中で食べてもらうように、いつもの弁当を頼んどいた」

「すみません！　私が気を付けなきゃいけなかったのに」

「いやいや」

大津はいつになく暖かい笑顔で、「君はよくやってるよ」

と言った。

「ありがとうございます」

彩乃は、大津のその笑顔に、ふと只野の面影を重ねた。もちろん、幸せだったころの只野のことだが……。

――局内の食堂でカレーを食べ、楽屋に戻ると、真知子はもう身仕度をして待っていた。

「すみません！　お昼を食べてて」

「いいのよ。荷物、チェックしといたわ」

「何か足りないもの、ありましたか？」

「大丈夫。大分慣れて来たわね」

と言われてホッとする。

「〈一つ忘れ病〉を治そうとしてるんで」

ロケに行くとき、たいてい一つ、何か大切なものを忘れるので、真知子から〈一つ忘れ病〉と、からかわれている。

「一時には出られるそうです」

と、彩乃は言った。「どの辺に行くんでしょうね」

「さあね。ともかく、停った所で降りりゃいいのよ」

確かに、役者はいちいちロケ先がどこかなど、気にしていられない。

ADが呼びに来て、一時には五分ほどあったが、出かけることになった。

真知子が夫の役の浅野と暮していたのが、郊外の団地という設定。今は都心に住んでいるが、過去の場面で、団地が登場する。

ロケバスに乗ると、反射的に眠くなる。

彩乃は、スタッフの間に交って、ウトウトしていた。

真知子たち、何人かの役者は、バスの後部座席に集まっておしゃべりしている。

そして——どれくらい眠っただろう。

ふっと目を覚ますと、バスは停っていた。

「もう着いたんですか？」

と伸びをして、隣の録音スタッフに訊いた。

「いや、それが……」

加藤と大津がバスから降りている。

何かあったんだ、と彩乃にもすぐに分った。

車道が片側通行になっていて、工事中の立札が見える。

しかし、それだけなら、加藤たちが降りる必要はないはずだ。

「——ロケ先の団地はすぐそこなんだけどね」

と、スタッフの一人が言った。

「何か問題が……」

「たぶんね。——ああ、戻って来た」

加藤と大津が、バスに乗って来たが、苦々しい表情をしている。

誰も口を開かない。当然二人から説明があると思っているのだ。

加藤と大津は、立ったまま小声で話していたが、やがて加藤がバスの中へ向けて、

「聞いてくれ」

と言った。「この先の団地でロケすることになっていて、許可も取っていた。ところが道路の工事が早まって、団地でも三か月先のはずだった工事が急遽《きゅうきょ》始まることになったそうだ。それも今日から。——抗議してみたが、役所の方は、ロケの話など聞いていない、と取り合ってもらえない」

「お役所ね」

と、真知子が言った。「どうするの？」

「今日は諦めるしか……。集まっていただいた方には申し訳ないのですがね」

「急に台風でも来たと思うしかないわね」

真知子の言葉に、笑いが起った。

彩乃は、窓から表を眺めていたが……。

「加藤さん」

と、プロデューサーに言った。「ここってどの辺ですか？　私、居眠りしてて」

「S市の外れだ。知ってるのか？」

「やっぱり。今、そこのバス停の行先を見て、もしかしたらって……」

と、彩乃は言った。「団地があればいいんですか？」

「ロケができればね」

「母が昔住んでた団地が、この近くなんです。〈望丘団地〉っていって、大分古くてあんまり人の住んでない団地ですけど」

「この近く？」

加藤はドライバーと話をしていたが、

「カーナビで見ると、ここから十分ほどの所だ。行ってみるか」

あの、祖母が殺された団地のことである。もちろん、突然行ってどうなるものではないだろうが……。

ロケバスが走り出した。

途中、ちょっと道の混んだ所があったが、じきに抜け、バスはこの前彩乃が行ったのとは逆の方向から〈望丘団地〉に着いた。

「ほう」

大津が窓の外へ目をやって、「いい雰囲気じゃないか」

と言った。

「うん、さびれてるところがいい」

と、加藤も肯く。「ロケ、できるかな。三枝君、訊いて来てくれるか？」

「はい。——ともかく訊いてみます」

　何だか余計なことを言ってしまったような気もしたが、今さら引込みがつかない。

　ロケバスは、団地の中へ乗り入れた。

　彩乃がバスを降りると、作業服のようなものを着た、頭の薄くなった男が7号棟から出て来た。

「何だね？」

「すみません。管理事務所の方ですか？」

　人の住んでいない7号棟から出て来たのは、この前のときと同様、空室の窓を開けて風を入れていたのではないかと思ったのだ。

　案の定、

「そうだけど……」

「TV局の者です」

　彩乃は、事情を説明して、「ここでロケさせていただけないでしょうか」

「ロケ？　まあ……どうかな。俺の一存じゃ……」

　と、口ごもっていると、

「あら、あんた！」

と、声がして、何と須山圭子がまたショッピングカートを引いてやって来たのである。

「あ、須山さん。その節はどうも」

「今日は何の用？」

と、須山圭子は言って、「この人は、以前ここにお祖母さんとお母さんが住んでたのよ」

と、管理の男に言った。

事情を聞くと、圭子は、

「いいじゃないの。やかましいこと言わなくても」

「しかし、上の方で何と言うか……」

「上の方なんて、ここに来たことないでしょ。それに少しは謝礼が出るんじゃない？」

「はい。ちゃんと局の規定のものをお支払いします」

金が入るとなると、ガラッと態度が変って、

「じゃ、この7号棟を使ってくれ。誰も住んでないから」

7号棟で。——彩乃は、その灰色に汚れた建物を見上げた。

私はここに縁があるのかもしれない。

バスへ戻って話をすると、

「よくやった！」

と、大津が彩乃の肩を叩いた。「人の住んでない棟なのか」

「窓にカーテンとか、ありませんが」

「うん、却《かえ》って荒れ果てた感じでいい。中の一軒だけカーテンを掛けて。――おい、持って来てるな？」

と、ＡＤに確かめ、「ＯＫ！　じゃ、降りよう」

バスを７号棟の出入口の前に着け、一斉に降りて作業が始まる。

「――ここにお母さんが？」

と、話を聞いて、真知子が言った。

「母と祖母が。父もここにいて、知り合ったそうです。別の棟でしたけど」

殺人事件の話はしなかった。

「大津さん、カーテン、どの窓に？」

と、ＡＤが訊く。

「そうだな……」

大津は7号棟の建物を見上げて、しばらく前後左右に動いていたが……。

「あそこがいい。ちょうどこの位置から見上げると、いい絵になる」

「三階ですね」

話を聞いていて、彩乃は何とも奇妙な気分に襲われていた。大津が「カーテンを掛けろ」と言っているのは、明らかに〈３０２〉。あの事件の起きた部屋に違いなかったのだ。

「さあ、早く仕度だ！」

と、大津が怒鳴る声で、ハッと我に返った彩乃は、7号棟の中へと入って行った。

11　明暗

「また〈風〉だわ……」

と、彩乃は思わず微笑んでいた。

劇場の入口には劇団〈風祭〉公演、〈風に乗った便り〉のポスターが貼《は》ってあった。

〈風祭〉の主宰で作者でもある只野は、たいていタイトルに〈風〉の文字を入れる。

公演はあと三日。——彩乃は久々に休みが取れて、やって来た。

仲の良かった研究生、鈴木由樹が、初めてセリフのある役で出ているというので、見に来たのである。

入口でチケットを切ったり、チラシを配っているのは、彩乃の知らない若い子だった。彩乃が〈風祭〉をやめてから入った子たちだろう。

知った顔に会わなくて、却ってホッとした。

百五十ほどの客席は七割方埋っている。十分ほどで幕が開いた。

お芝居そのものの中身は、彩乃が一緒に暮していたころ、只野が話してくれたアイデアが中心で、只野の作としては、もう一つ物足りない気がした。

それより気になったのは、鈴木由樹がどこにも出ていなかったことだ。

どうしたんだろう？　あんなに張り切っていたのに。

終って、客が帰り始める。彩乃は、楽屋を覗《のぞ》いて行こうかと思ったが、只野と出会うかもしれないと思うと……。

そのまま劇場を出ようとして、出口で並んで、

「ありがとうございました！」

と、客を送り出している由樹に気付いた。

「由樹――」

「どうも――。あ！」

由樹が彩乃に気付いて、急いで劇場の外へ出た。

「由樹、どうしたの？」

「見に来てくれたんだ。ごめんね」

と、由樹は言った。

「いいのよ、今日はお休みなの。それより……」

「降ろされちゃったのよ」

と、由樹は目を伏せて、「初めの三日だけ出てたんだけど、三日目にセリフ忘れちゃって。――気が緩《ゆる》んだのかな」

「それだけで？」

「仕方ないわ。自分のせいだもの」

「じゃあ……また次の機会にね」

「うん。諦めないで頑張る！」

「そうよ」

と、彩乃は由樹の肩を叩いた。「ね、ご飯でも食べない？」

「いいの？」

由樹は嬉《うれ》しそうに言った。「私はもちろんいいけど」

「大丈夫。休みはちゃんと休ませてくれる人だから」

と、彩乃は言って、「じゃあ……駅前のジューススタンドで待ってる」

「うん！　十五分くらいで行くわ！」

話す相手がいるということが、何より嬉しいのだと分った。——彩乃も、かつてはそんな風だったろうか。

由樹が急いで戻って行くと、彩乃は駅への道を辿《たど》って行った。そして、少し行くと、

「おい、待ってくれ」

と、声がして、彩乃はハッとした。

むろん分っている。誰の声か。

只野が追って来たのだ。

「先生……」

「お前に気付いたのがいてな」

只野が少し息を弾ませて、「見に来てくれたのか」

「由樹が出てると聞いてたんで」

「そうか。仲が良かったものな」

と、只野は肯いて、「彩乃——」

「何かご用ですか？　私、部屋に忘れ物でもしました？」

と、彩乃は訊いた。

「いや、何一つなかった」

只野がそう言って、「彩乃……。あの時は悪かった」

と、頭《こうべ》を垂れた。

「先生。やめて下さい」

「怒ってるだろうな。しかし、俺はいつでもお前が戻って来るのを待ってるぞ」

「いいえ。戻りません」

「彩乃……」

「せっかく思い切ったんです。今さら、かき回さないで下さい」

只野はちょっとの間、黙って彩乃を見ていたが——。

「分った」

と、息をついて、「もし——気が変ったら、連絡してくれ」

「忙しいんです。付人って大変なんですよ」

「そうか。体に気を付けてな」

「はい」

只野は戻って行こうとした。

「先生」

と、彩乃は言った。「由樹を舞台に出してあげて下さい」

只野は何とも言えない笑みを浮かべて、

「分った。明日から戻そう」

と言った。

「よろしくお願いします」

彩乃は頭を下げた。

顔を上げると、只野はもう歩き出していたが、その足取りには、どこか疲れたところがあるように感じた。

もちろん、またいつか舞台に立ってみたい。しかし只野の所ではなく、どこか他の舞台で。

戻れば、只野と顔を合せる度に、力ずくで組み敷かれそうになった、あの恐怖と屈辱の記憶がよみがえるだろう。

二度と——二度とあんなことはごめんだ。

ケータイが鳴った。

「あ……」

中原真知子からだった。何か急な仕事だろうか。

「はい、彩乃です」

「プロデューサーの加藤さんに電話して」

「分りました」

それだけで切ってしまう。——余計なことは言わない人である。

彩乃は急いで加藤に電話した。

「やあ。中原さんから聞いた？」

「いいえ、何も。そちらへ電話しろ、とだけ……」

加藤は笑って、

「中原さんらしいな」

「何かあったんですか？」

「浅野さんの入院が長引きそうなんだ。参ったよ」

「困りましたね」

「今、大津とシナリオライターで話し合ってる。最悪、キャスト変更もあり得る」

「途中でですか？」

「極力避けたいがね」

と、加藤は言った。「で、この前ロケした団地、あったろ」

「〈望丘団地〉ですか」

「そうそう。あそこのエピソードを、少しふくらまそうってことになった。時間稼ぎだがね」

「はあ……」

「明日から、またあそこで撮りたい。話をつけてくれないか」

「でも……私、特別知り合いがいるというわけじゃありませんけど」

「うん、しかしこの前はスンナリＯＫしてくれたろ」

「それはそうですけど……。じゃ、連絡してみます」

「よろしく。明日は朝八時に局の前から出発だから」

「分りました」

彩乃は、明日の迎えの時間を計算して、真知子へメールを入れておいた。

――また、あの団地に行くのかと思うと、ふしぎな気がした。

由樹と待ち合せたジューススタンドで、野菜ジュースを飲んでいると、またケータイが鳴った。

「誰？」

見たことのない都内の番号だった。――しかし、付人という仕事は、突然どこから
かかって来てもおかしくない。

「――もしもし」

と出てみると、しばらく間があって、

「ああ……。俺だ」

「お父さん？」

彩乃はびっくりして、「本当に？」

と、つい訊いていた。

「元気か」

と、三枝勇介は言った。

「まあね……」

それどころじゃないのだが、突然で怒る余裕もなかった。

「すまんな、苦労かけて」

と、三枝は言った。「母さんの具合はどうだ？」

「何とか家のことはやれてるけど……。私が忙しいんで、手伝えない」

「お前、何の仕事をしてるんだ？」

彩乃は説明しかけたが、

「——それより、どこにいるの？」

と訊き返した。「都内の番号ね」

「うん。結局、地方だと仕事が見付からなくてな」

「そう」

「お前、俺と一緒にいる女のことは——」

「久保さんが見かけたと言ってたわ」

「会社の久保君か」

「ええ」

「安奈《あんな》というんだ。山田《やまだ》安奈」

と、三枝は言った。

「久保さんが、妊娠してるみたいだったと言ってたけど」

「そうか。よく分るもんだな」

「本当にそうなの？」

「うん。放っとけないので、こんなことになった」

私とお母さんは放っといて？　――そう言いたかったが、ここで喧嘩《けんか》しても始まらない。

「もうじき生まれるんだ。今入院してる」

「それはおめでとう」

と、彩乃は言った。「私はお母さんと二人、食べていくので大変よ」

「分ってる。申し訳ないと――」

と言いかけて、「すまん！　もう切る」

「お父さん。――もしもし？」

切れた。――彩乃はしばらく手にしたケータイを見つめていた。

「ごめん！　待った？」

由樹の声で、ハッと我に返る。

「大丈夫よ。どこで食べようか？」

二人で、駅ビルのレストランの一覧を眺めて、丼物《どんぶりもの》の店を選んだ。

「――ね。私、明日からまた舞台に出るんだ！」

と、エレベーターに乗ると、由樹が嬉しそうに言った。

「本当？ 良かったね」

と、彩乃は由樹の肩を叩《たた》いた。

――気になっていた。

父が電話を切る直前、一瞬のことだったが、向うで怒鳴る声が聞こえたのだ。

「おい！ 何をサボってんだ！」

それは、ずいぶん若い男の声のようだった。――役者を志していると、人の声には敏感になる。

父が、若い男に怒鳴られている姿を想像するのは、やはり辛《つら》かった。

どんな仕事をしているのだろう？ 一緒に行った山田安奈という女性は入院しているという。出産にも費用がかかる。

仕事を選んではいられないのだろう。

「さ、食べよう！」

二人は店に入って、由樹は丼物の「大盛り」を注文した……。

「もしもし」

「須山です」

「三枝彩乃です。先日、ロケでお世話に……」

夜、彩乃は、あの団地の須山圭子に電話した。自宅の電話番号を、前のロケのとき、聞いておいたのである。

「ああ、どうも。元気？」

「おかげさまで」

と、彩乃は言った。「実はお願いがありまして……」

彩乃が事情を説明すると、須山圭子はすぐに、

「お安いご用よ。明日からね？」

「ええ、三、四日かかるかもしれません」

「分ったわ。言っとく」

「助かります！　明日またご挨拶を――」

「待って。忘れてたわ、あなたに言うのを」

「何でしょう？」

謝礼をもう少しはずめということだろうか？　しかし、須山圭子の話は思いがけないものだった。

「――憶《おぼ》えてる？　あの事件の日、私が足の悪い男を見たって言ったでしょ？」

「はい、もちろん」

「それがね、ついこの間、その男を見たような気がするの」

と、圭子は言った。

「同じ男ですか？」

「時間がたってるから、絶対とは言えないけどね」

それはそうだ。二十年以上の年月がたって、同じ男だとしても様子が変っているだろう。

「でも、片足を引きずった歩き方がそっくりでね。私はギョッとしたのよ」

「それって、どこですか、場所？」

と、彩乃は訊いた。

「団地の少し外れね。あのバス通りをね、私はいつもの通り歩いてた。そしたらスッとものかげから出て来たのよ、その男が。びっくりしたわ」

「分りました。三ッ橋刑事に、前のお話も伝えてありますので、連絡しておきます」

「お願いね。何だかずっと喉《のど》のあたりに、小骨みたいに引っかかってたの」

「ありがとうございます、わざわざ。――じゃ、明日伺いますので」

彩乃はそう言って切った。

「――どうしたの?」

母が、少し体を揺らしながらやって来る。

「ちょっと仕事の打合せ。大丈夫、お母さん?」

あの団地のことは、話していない。

佑香がどんな反応を示すか、心配だったのである。

「明日は早いからね。お母さん、起きて来なくていいよ」

と、彩乃は言った。

12　徹夜

この前とは打って変って、彩乃たちロケ隊は「お客様扱い」だった。

「やあ、どうも」

管理事務所の男性が、バスから降りた彩乃に、いきなり握手をして来たので、彩乃はびっくりした。

「またお世話になります」

と、彩乃は言った。「夜も撮影があるかもしれませんが、お住いの方のお邪魔にならないようにしますので……」

「ああ、大丈夫だよ。みんな面白がってる。こんなこと、この退屈な団地にとっちゃ大事件さ」

と、男は言って、「ああ、俺は4号棟の〈101〉にいる梶谷《かじたに》というんだ。管理事務所を任されてる」

4号棟。――父が住んでいた棟だ。

「どうぞよろしく」

「あの奥に見える、小さな建物が一応集会所ってやつなんだ。いつもは鍵《かぎ》がかかってるが、さっき開けといた。中を使っていいよ」

「ありがとうございます！　お弁当食べたりする場所がなくて困ってたんです」

「ああ、それじゃ使ってくれ。古いが机や椅子《いす》もある」

どうしてこんなに上機嫌なんだろう？

彩乃は首をかしげたが、ともかく準備にかかる。

また、あの部屋。――7号棟の〈302〉に、スタッフが入って行く。

「――始まったわね」

須山圭子が、いつものショッピングカートを引いてやって来た。

「色々ありがとうございます」

彩乃が、あの梶谷という男のことを話すと、須山圭子は笑って、

「この間の使用料、あいつ、半分は自分のポケットへ入れたみたいなのよ」

と、少し声をひそめた。「ま、放っとけばいいや、と思ってね」

「そうですか」

彩乃は、圭子が見たという、片足を引きずった男のことをもっと聞きたかったが、中原真知子のそばをあまり離れるわけにはいかない。

また時間は取れるだろう。

「おい！　飾りつけ、どうなってる？」

と、ディレクターの大津が言った。

「あと十分です」

と、返事があった。

シナリオが書き直され、〈３０２〉の室内シーンもあることになった。

今はＴＶのカメラも小さくなったし、感度も高いので、わざわざセットを組まずに、現実の部屋の中で撮ることが多い。

〈３０２〉にも、一応生活していると見えるような最小限の家具が運び込まれた。

「よし、始めるぞ」

と、大津がポンと手を叩いた。

アッという間に昼を過ぎ、昼食は午後二時ごろになった。

注文しておいた弁当は十二時前に届いている。彩乃はＡＤを手伝って、例の集会所へと弁当を運び込んだ。

机と椅子を並べると、ホッとして汗を拭《ふ》く。

ちゃんと掃除してあったようで、床にも埃《ほこり》はなかった。

「お茶がいるね。自動販売機、あるかな」

と、ＡＤの一人が言った。

「さあ。団地の人に訊《き》いた方が早いですよ」

と、彩乃は言った。

中原真知子はお茶にもうるさいので、彩乃はしっかり魔法びんに入れて持って来ている。

「——真知子さん、こちらに」

お弁当も、もちろん中原真知子用。

「ありがとう」

真知子は注がれたお茶を一口飲んで、「少し薄いわよ」

「すみません」

一切言いわけはしない。それが彩乃のけじめである。

「あなたも食べたら？」

と、真知子に言われたが、

「私は後で。今の内に、〈302〉を見て来ます。おかしな所がないか」

と、彩乃が出て行こうとすると、

「あ、そういえば」

と、真知子が思い出したように、「何だか妙な男の人がウロウロしてたわよ」

「そうですか。気を付けます」

彩乃が外へ出て、7号棟の方へと急いで向うと、

「ああ、彩乃君」

と、プロデューサーの加藤が呼んだ。「君にお客だ」

「あ……」

彩乃は、真知子の言った「妙な男の人」が、三ッ橋刑事だったと知った。

「どうも」

「久々に来てみたよ」

と、三ッ橋は言って、「７号棟で撮影してるのか？」

「はい。〈３０２〉で」

「そいつは偶然だな」

「私、事件のことは何も話してないので」

「分った」

「ただ、例の、片足を引きずってたという男のことで……」

「うん。直接話を聞きたい。どこの部屋だ？」

「９号棟の〈１０６〉です」

と、彩乃は言って、「そっちです、９号棟」

「分った。行ってみる」

「でも、須山さん、ちょうどお買物かもしれません。待って下さい。連絡してみます」

須山圭子もケータイを持ち歩いているというので、番号を聞いてあった。

しばらく呼出してから、やっと出て、

「もしもし」

「すみません、三枝です。今、どちらですか？」

やはり須山圭子はスーパーにいた。買物というより、毎日の日課としてスーパーへ行っているのだ。

「——分りました。お待ちしてます」

彩乃は通話を切ると、三ッ橋に、「あと四十分くらいで戻るそうです」

「じゃあ、待っていよう」

と、三ッ橋は7号棟を見上げていたが、「ちょっと覗いていいか」

と言った。

「〈302〉ですか？」

「うん。もちろん、何も残っちゃいないだろうがな」

「私も行きますから。それじゃ一緒に」

彩乃たちは階段を上って行った。

「——町田がよろしくと言ってた」

と、三ッ橋が言った。

「そうですか。いい方ですね」

「刑事にゃ向かないと思うがな、俺は」

「どうしてですか？」

「いざってときに、決断ができない。やさしいから迷っちまうんだ。ま、凶悪犯を追いつめるなんてことは、めったにないけどな」

「じゃ、転職した方が？」

「まあ、現場に出ない仕事もある。しかし、あいつ自身は、現場が好きだろう」

「はあ……」

「奴は君のことが好きらしい」

「そんな……。やめて下さい、人をからかうの」

と、彩乃はどぎまぎして言った。

ちょうど〈３０２〉が見える廊下へ出た。

「おい！　洗濯物を二、三枚干しとけよ！」

と、怒鳴る声がする。

「邪魔しないようにするよ」

と、三ッ橋は靴を脱いで上ると、「――こんな所だったかな。大分様子は違うが」

忙しく人が立ち働いている。知らない人間が一人ぐらいいても、誰も気にしない。

「ここだったな」

と、三ッ橋は現場だった居間へ入って言った。

「うん、その壁に古いカレンダー」

と、大津がやって来て指示している。

そして彩乃に気付くと、

「いたのか。——お客か？」

ちょっと迷ったが、隠しておくのも変だろう。三ッ橋を紹介した。

「刑事さん？　本物の？」

いつも役者ばかり見ているせいか、大津がそう訊いたので、彩乃はおかしかった。

「昔、この部屋で事件がありましてね」

と、三ッ橋が言った。

「私の祖母が殺されたんです」

彩乃の言葉に、大津は唖《あ》然《ぜん》とした。

「そんなことがあったの」

と、真知子は言った。「面白いもんね、縁って」

「そうですね」

「あなたも大変な人生だったのね」

「私は別に……。母が大変だったと思いますけど」

——辺りは少し薄暗くなっていた。

やっと準備が終り、真知子の出番が近い。

風が冷たいので、真知子はコートをはおって外へ出た。

「中原さん、お願いします」

と、ADが呼ぶ。

「はいはい」

真知子と彩乃は階段を上って行った。

〈302〉へ入ると、ライトが点《つ》いていて、やたら明るい。

「じゃ、動きを」

と、大津が言った。

「ここは、浅野さんがいることになってるんだっけ？」

と、真知子が言った。

「声だけの出演です。台所にいる中原さんが、寝室の浅野さんに声をかける、って設定です」

「分ったわ」

真知子がコートを脱いで彩乃へ渡す。

収録が始まると、彩乃は〈３０２〉を出て、７号棟の外へと出てみた。

三ッ橋はどうしただろう？

色々雑用に追われて、三ッ橋と須山圭子の話は聞けなかったのだが。

ほんの十五分ほどの間に、辺りは暗くなっていた。７号棟を見上げると、〈３０２〉の窓だけが明るく輝いて見える。

あの部屋で殺人事件があったこと。しかも殺されたのが彩乃の祖母だったという話は、アッという間にスタッフの間に伝わったが、それはそれ。

収録が始まれば誰もそんなことは気にもしていない。それがプロというものだ。

見ると、三ッ橋が９号棟の方から歩いて来る。

「お話、できました？」

と、彩乃は訊いた。

「ああ」

「ご一緒できなくてすみません」

「いや、忙しいんだろ」

「今は収録中で」

と、彩乃は明るい窓の方へ目をやった。

「遅くなりそうか」

「そうですね。早くても二十四時。延びれば二十六時とか……」

「そういう言い方をするのか」

「そうなんです。ＴＶでは」

「面白いな」

「それで、須山さんから何か……」

「ああ。ちょっとな……」

と、三ッ橋はなぜか口ごもった。

「何か問題でも？」

「そうじゃない。ただ――あの婆《ばあ》さん、事件の日のことをよく憶えてる。話を聞いてる内に、俺も色々思い出した」

「そうですか」

「例の足の悪い男ってやつだが……。聞いてて、フッと思い出したことがあってな」

「心当りでも？」

「いや、そこまではっきりしない。ただ、頭の中にこう……引っかかる感じがあるんだ」

「手掛りですか？　今ごろになって？」

「あまり期待しないでくれ。見当違いかもしれない」

「分ってます」

「じゃ、俺は帰る」

「お気を付けて。バス停、分りますね」

「もちろんだ。それじゃ、まあ頑張れ」

「はい！」

三ッ橋は行きかけて、振り向くと、

「町田に何か伝えとくことはないか？」

「からかわないで下さい。何もありません」

「そうか」

三ッ橋はそう言うと笑って、行ってしまった。ほとんどぎりぎりにバスが来た。

「——間に合ったかしら？」

と、彩乃は呟《つぶや》いた。

それからしばらく外で待ったが、収録は終りそうもなかった。

ＡＤが一人出て来ると、

「夜までかかるって。夕食の仕度を」

「はい」

「僕はスーパーで弁当買ってくるよ」

「私は中原さん用ですから」

「うん、よろしく。今日、下手すると徹夜だぜ」

「そんなに？」

そこへ真知子が出て来た。

「彩乃ちゃん」

「お疲れさまです」

「大津さんが、今夜、やれるところまでやろうって。浅野さんの件で、大分スケジュールが遅れてるから、取り戻したいのね」

「そうですか。でも――大丈夫ですか？」

「私は少しお休み。他の部屋の場面も、あそこで何とか撮ろうって。脇《わき》の役者を三人、呼んでるわ」

「都合、ついたんですか」

「つけるでしょ。次の仕事があるからね」

と、真知子は言った。「時間があるわ。タクシー呼んで。どこか近くに食べに行くわ」

「分りました」

すぐタクシーの手配をして、「どこへ行きますか？」

「適当に探して。そうね、中華か何か」

「はい」

彩乃は急いで近くの店を検索した。

そこへ、プロデューサーの加藤がやって来た。

「徹夜だって？　手当がふえるな」

と言いながら、「中原さん、どこかで飯にしましょう」

助かった、と彩乃は思った。

「今、タクシーが来ます」

「そうか。君も来いよ」

彩乃はびっくりした。

「いえ……。私は結構です」

「いいじゃないか。一人ぐらい増えたって、どうってことないよ」

「でも、色々やっておくこともありますし……。私はここに」

「そう？　じゃ、加藤さん、行きましょう」

と、真知子は加藤を促した。

彩乃は表の通りへ出て、ちょうど呼んだタクシーが来たので、手を上げて停めた。

真知子と加藤が乗ると、

「行ってらっしゃい」

彩乃はそのタクシーを見送った。

13　見えない影

結局、彩乃が帰宅したのは翌朝の十時ごろだった。

「大丈夫？」

と、母、佑香が心配していたが、

「私は大丈夫。真知子さんが演技してる間、こっちは居眠りしてればいいんだもの」

と、彩乃は言った。「お母さんは、自分の体のことを心配して」

「私はいいわよ。——少し寝る？」

「うん。夕方から、またロケ」

「遠いの？」

彩乃は少し迷ったが、いずれ放映されれば母にも知れることだ。

「お母さん、実はね……」

彩乃の話を聞いて、佑香は唖然として、

「あの団地で？　まあ」

「だから、たまたまなのよ」

あの部屋を使っていることや、片足を引きずっている男のことなどは一切話さなかった。

「まだ人が住んでるのね」

と、佑香は感心したように言った。

彩乃はシャワーを浴び、それからベッドに潜り込んだ。すぐに眠れるようになったのは付人をしてからだ。

そして、夕方目を覚ますと、もう一度シャワーを浴びて、母の用意してくれた食事をとった。

時間通り真知子を迎えに行くと、もうしっかり仕度して待っている。

「――大津さんに電話して」

と、真知子は言った。

例によって、それしか言わない。

すぐ大津にかけると、

「あの団地だけじゃ、夫の姿がないのが不自然になるんでね」

と言った。「シナリオを検討して、中原さんがスーパーへ買物に行くことにする。スーパーの中で収録するから、まずスーパーへ来てもらってくれ」

「分りました。スーパーの許可は……」

「加藤さんが取ってくれた」

「そうですか。じゃ、すぐ出ます」

彩乃は真知子の荷物を持って、車で、あの須山圭子が毎日通っているスーパーへと向ったのだ。

「――シナリオも大変ですね」

と、車の中で彩乃は言った。

「それを憶える方も大変よ」

真知子はもっともなことを言った。しかし、突然の変更にも文句一つ言わずに対応する真知子を見て、彩乃は舌を巻いていた。

これを本当の「プロ」と言うのだろう。

スーパーの入口辺りに、すでにスタッフが集まっていた。

少し辺りが暗くなりかけている。

撮影の準備をしていると、客たちが珍しそうに眺めていた。小声で、

「中原真知子よ」

と言っているのが聞こえて来る。

スーパーはかなり大きくて、中に食堂や喫茶店もあった。喫茶店の奥の方を貸し切りにしてもらって、そこでメイクや着替えをすることになった。

彩乃が喫茶店の表に立っていると、

「やってるわね」

須山圭子が、いつものショッピングカートを引いてやって来た。

「見物に？」

「もちろんよ！　見逃せないわ」

圭子は楽しそうだった。

「おい、三枝君」

大津が手招きしている。

「はい、何でしょう？」

「中原さんが買物に来てるって場面だ。君、エキストラで出てくれないか」

「え？」

「ただブラブラ歩いててくれりゃいい。金は払わないけど……」

「節約ですね」

と、彩乃は苦笑した。「分りました。――真知子さんの方は……。あの方のショッピングカート、借りましょうか」

「お、いいね！　使い古した感じがあった方がいい」

圭子にそうは言えなかったが、ショッピングカートを借りたいと頼むと、

「まあ！　中原真知子がこれを引いて歩くの？　ええ、もちろんお貸しするわよ」

と、大喜びしている。

中年の主婦になり切った真知子は、圭子のショッピングカートを借りて、早速収録に入る。

「このままの格好でいいんですか？」

ジーンズ姿の彩乃は大津に訊いたが、

「それでいい。野菜でも買って、包みを抱えててくれないか」

「はい」

キャベツを丸ごと一個買って、紙袋に入れてもらい、それを抱えて持ちながら、真知子とすれ違う。

一度テストをして、

「ＯＫ。本番だ」

と、大津は言ったが――。「三枝君」

「はい」

「ちょっと中原さんに突き当ってくれ。そして包みを落とす」

「は……。分りました」

本番でカメラが回る。――彩乃は、言われた通りに真知子に突き当り、キャベツが転り出た。あわてて拾い上げると、

「OK！　それでいい」

　と、大津は肯《うなず》いて、「そうか。三枝君は役者なんだな。自然でいい。なかなかそうは行かないもんだよ」

「元役者です」

　と、彩乃は訂正した。

聞いていた真知子が笑って、

「頑固ね、あなたって」

　と言った……。

　スーパーの中の食堂で夕食をとることになって、彩乃は切っていたケータイの電源を入れた。

「あ……」

町田刑事から二回着信がある。

何だろう？　――急いでかけて、

「すみません。撮影中で切ってたものですから」

「ああ、いいんだ。すまないね」

「何かご用が――」

「うん、実は……」

と、町田は少し口ごもって、「三ッ橋さんのことで」

「三ッ橋さんがどうかしました？」

「そっちに行ってないか？」

彩乃は面食らって、

「どういうことですか？」

「いや、連絡がつかないんだ。ケータイにかけても出ないし、メールしても返事がない」

「それ……変ですね」

「うん、僕もこんなこと初めてなんで、ちょっと心配になってね」

刑事が無断でどこかへ行ってしまう、などということがあるだろうか？

「いや、体を悪くしてたろ。もし、どこかで具合でも悪くなって……」

「分ります」

彩乃は、今団地にいないことを告げて、「この後、団地へ行くので、もし向うでお会いしたら、そちらへ連絡するように伝えます」

「よろしく頼む」

と、町田は言った。「三ッ橋さん、何か言ってたかい？　昨日、団地を訪ねた後で」

「さあ……。何だか、例の足を引きずってた男というのに心当りでもあるみたいでしたけど……」

「そうか。――僕も詳しいことは聞いてないんだ」

と、町田は言った。「仕事の邪魔して悪かったね」

「いいえ。――じゃ、失礼します」

彩乃は、三ッ橋のことを思い出していた。

三ッ橋は、もしかして本当の犯人に気付いたのではないだろうか。

彩乃は真知子に呼ばれて、急いで飛んで行った。

スーパーでの撮影は、夜八時過ぎまでかかった。

ビル全体が九時には閉るというので、果して間に合うのか、彩乃も見ていてハラハラしたが、そこは中原真知子の「プロ意識」が発揮されて、スタッフも頑張った。

「――お疲れさん」

と、プロデューサーの加藤が言った。「じゃ、団地へ移動して続きだ」

「人づかいの荒いこと」

と、真知子が言って、みんながワッと笑った。

「真知子さん、休んでらして下さい」

と、彩乃は言った。「準備ができたら、呼びに行きます」

「分ったわ」

彩乃はあくまで真知子の付人だから、あれこれ手伝わなくてはいけないわけではないのだが、そこは同じチーム。

撮影機材を、せっせと運んで、車に積み込む。

「ご苦労さん」

気が付くと、須山圭子がそばに立っていた。

「あ、いらしたんですか」

「つい、じっと見ちゃったわよ」

と、須山圭子は言った。「みんな必死ね」

「そうですね。スケジュールが……」

と、彩乃は言いかけて、思い出した。「そうだ。あの三ッ橋って刑事さんのことなんですけど」

「ああ、あの人、どうしたの？」

「お話しされたとき、何か特に思い出したこととか、言ってませんでしたか？」

と、彩乃は訊いた。

「思い出したこと？——そうねえ」

と、圭子はちょっと考えていたが、「ええ、何だか急に難しい顔して考え込んじゃったことがあったわ。でも、何も言わなかった」

「そうですか」

「その後、すぐに『どうも長いことお邪魔して』って言って、帰ってったの」

「それって——例の、足の悪い男の話が出たときですか？」

「どうだったかしら……。その話は初めにしたからね。あのときは別のことを話してたと思うわ」

「三ッ橋さん、須山さんが、あの日のことをよく憶えてる、って感心してましたよ」

「まあ、一生の間にそう出くわす事件じゃないものね」

「最近その男らしい人を見たことは——」

「もちろん話したわ。でも、詳しいことは私も分らないし……」

そこへ、ＡＤの一人が、

「彩乃さん、出ますよ、車」

と呼んだ。

「はい！　——須山さん、もう団地へ戻られるんでしょ？　よろしかったら、車に一緒に。一人ぐらい増えても大丈夫です」

「あら、そう？　じゃ、楽させてもらおうかしらね」

と、圭子は嬉《うれ》しそうに言った。

「お邪魔します」

と、圭子が車に乗ると、

「どうぞどうぞ」

と、真知子が席を詰めて、「ここへどうぞ」

「あら、でもお隣でいいんですか？」

「もちろんです」

「じゃあ、お言葉に甘えて……」

よっこらしょ、と圭子は真知子の隣に腰をおろした。

真知子は微笑《ほほえ》んで圭子を見た。

「まあ、大スターのお隣に座れるなんて、感激だわ」

と、圭子が言うと、真知子は笑って、

「大げさですよ。私は別に大スターなんかじゃありません」

「いえ、そんなこと！　やっぱり普通の人にないものがあります。何かこう……内側から輝いてるような」

「まあ、どうしましょう」

と、真知子はそれでも嬉しそうに言った。

それから真知子は、

「失礼ですけど――須山さん、今おいくつですか？」

「私？　七十五です」

「じゃあ、私とちょうど三十違うんですね」

と、真知子は言った。

真知子は、それきり黙った。

車が夜の道を走って行く。――彩乃は、なぜか真知子がチラチラと隣の須山圭子の方を見ているのに気付いていた。

車はすぐに団地へと入って行った。

「――送っていただいて、どうも」

と、圭子は立ち上って、「頑張って下さいな」

「ありがとうございます」

と、真知子は言った。

圭子が先に降り、それからスタッフが次々に降りて行く。

「――真知子さん、また少し集会所で休んでて下さい」

と、大津が言った。

「はいはい」

言われるより早く、真知子はスタスタと歩き出していた。彩乃はあわてて後を追った。

集会所は、スタッフの私物の置場になっている。――真知子が椅子にかけると、

「お茶、ぬるくなってますね、もう。熱いの、見付けて来ます」

と、彩乃は言った。

「いいわよ、ぬるくなってても」

「いえ、やっぱり……。スーパーあったんで、この裏手に。電子レンジで熱くして」

「よく働くわね」

と、真知子は笑って、「じゃあ、熱いコーヒーを二つ、買って来て」

「コーヒーですか？　分りました」

「それと――。須山圭子さんのケータイ番号、教えてくれる？」

「はい。――何かご用でしたら……」

「いいの。番号、これに入れといて」

と、真知子は自分のケータイを彩乃に渡した。

彩乃は、真知子のケータイに〈須山圭子〉の番号を登録してから、集会所を出た。

団地の裏手が住宅地になっていて、コンビニとスーパーが並んでいた。

スーパーだと、ちゃんと淹《い》れたコーヒーがテイクアウトできる。彩乃は二杯入れてから、自分の分も一杯作った。

支払いをしてスーパーを出ようとすると、

「ああ、どうも」

管理事務所の梶谷が入って来たところだった。

「あ、夜まで使わせていただいて、すみません」

と、彩乃は言った。

「いやいや」

梶谷は首を振って、「どうせこっちは暇ですからね。――弁当をここで買うんですよ」

「そうですか」

「ああ、そういえば……」

と、行きかけた梶谷が思い出したように、「刑事さんが来てたそうで」

「ええ。——須山さんと話をされて。でも今日じゃないですけど」

「いや、今日見かけましたよ」

「え？　いつですか？」

「午後の三時過ぎかな。集会所を見に行って戻ろうとしたら、団地の中を歩いてました。会ってないですか？」

「いいえ。何か言ってましたか？」

「いや、遠くから見かけただけで。刑事さんだってことは、須山さんから教えてもらってたんで」

「そうですか。——どうも」

町田刑事へ知らせておこう、と彩乃は思った。

コーヒーを持って、集会所へ戻ると、中で笑い声がしていた。

「戻りました」

と、中へ入って行くと、真知子と須山圭子が話している。

「コーヒーを……」

「ありがとう」

と、真知子は言って、「ね、彩乃ちゃん、この須山さんってね、昔、撮影所でヘアメイクの仕事をしてたの。どこかで見た人だな、と思ってたのよ！」

「え？　じゃ、お知り合いだったんですか」

「知り合いってほどじゃ」

と、圭子が照れたように言った。「私はメイク係、こちらはスターだもの」

「そんな……。まだ駆け出しでしたよ」

と、真知子は言った。「言って下さればよかったのに」

「昔のことですもの」

と、圭子は言った。「仕事を辞めたころ、真知子さんは忙しくなってたわね」

「そうだったかしら。撮影所もずいぶん変ったしね」

と、真知子は言って、「ご主人は？」

「もう十年くらい前に死んだわ。酒飲みでね。肝臓悪くして、自業自《じごうじ》得《とく》ね」

「じゃ、今は一人？」

「ええ。息子がいるけど、今は地方に住んでるの。年寄り一人で住んでると気楽よ」

いつしか、二人は「友人同士」の口調になっていた。

――彩乃は、二人の話の邪魔をしないように、外へ出て、自分のコーヒーを飲んだ。

「そうだ」

飲み終えると、ケータイを取り出し、町田刑事へかけた。

「――あ、町田さんですか。三枝彩乃です」

「ああ、どうも……」

「あの、三ッ橋さんのことで。――何か連絡ありましたか？」

少し間があった。彩乃は、

「もしもし？」

聞こえていないのかと思った。向うに車の音らしいものが聞こえていたので、外にいるのだろう。

「――いや、ごめん」

町田の声が、いやに沈んでいる。

「何かあったんですか」

「実はね……。三ッ橋さん、死んだよ」

彩乃は耳を疑った。

「それって……病気ですか？　発作で？」

「それが分らない。道端で倒れててね。調べてみないと、何とも……」

「そんな……。お気の毒です」

他に言葉がない。――しかし、こんなときに？

「町田さん、今日の昼間、三ッ橋さん、この団地にいたようです」

「何だって？」

彩乃が梶谷の話を伝えると、町田は少しして、「――三ッ橋さんの額や手に、すり傷があってね」

「すり傷？」

「もしかしたら、三ッ橋さんは車から投げ出されたんじゃないかと思うんだ」

「それは――殺人ってことですか」

と訊いたとき、ＡＤの、真知子を呼ぶ声が聞こえて来た。

14　呼出し

どれくらい前から鳴っていたのか……。

彩乃がケータイの鳴る音で目を覚ましたとき、もう部屋の中は暗くなっていた。

「――え？」

ケータイをつかんで、中原真知子からだと知ったとき、一瞬青ざめた。

寝坊した？

でも――すぐに思い出した。ロケが終って、

「今日はお休み」

だということを。

しかし、もちろん休みだろうが、真知子からかかって来ることはある。

少し体を起して、

「はい、もしもし……」

と、かすれた声で言った。

しかし、向うは何も言わない。

「――もしもし？　真知子さん」

すぐ出なかったから怒ってるのかな？

咳払《せきばら》いして、

「彩乃です。真知子さん？」

と、くり返すと、

「悪いわね」

と、いつもと違う真知子の声がした。

「何か……」

「ちょっと……具合悪いの。来られる？」

苦しそうな、絞り出すような声だ。彩乃ははね起きた。

「どうしたんですか？　救急車、行かせましょうか？」

すぐに「馬鹿《ばか》言わないで！」と叱《しか》られるかと思ったが、

「それほどのことも……」

と迷っている。

これはよほどだ！

「救急車、行ってもらいますから！　私もすぐ出ます！」

と、ベッドから飛び出した。

玄関へ出て来ると、ちょうど母の佑香が買物から帰って来て、

「あら、どうしたの？」

と、目を丸くしている。「お休みでしょ、今日？」

「真知子さんが具合悪いの。今、救急車に行ってもらった」

「まあ、それは……」

「連絡するね！」

と言って、彩乃は玄関から飛び出して行った……。


「過労ですよ」

と、初老の医師は眉《まゆ》をひそめて、「胃腸が参ってるんです」

「はあ……」

「ちゃんと、そばの方が気を付けてあげて下さい」

まるで叱られてるみたいで、彩乃は、

「申し訳ありません」

と、つい謝っていた。「では休めば回復しますか」

「ともかく、二、三日のんびりすることですね。今日は入院してもらって、点滴します」

「よろしくお願いします」

とりあえず、大変な病気というわけではなさそうで、ホッとした。

個室に入って、眠っているということだったが、彩乃がそっと入って行くと、

「大丈夫よ」

と、真知子が言った。「今夜ひと晩眠れば治るわ」

「お医者様は、二、三日休めと……」

「大げさに言うだけよ。明日だってスタジオでしょ」

「加藤さんに連絡して、スケジュール変更してもらいましょう」

「必要ない。――いい？　誰にも言わないで！」

強い口調でそう言われると、彩乃としても逆らえない。

「でも……」

「自分の体よ。自分がよく分ってる」

「はい。――団地のロケがハード過ぎましたね」

真知子は彩乃にちょっと笑顔を見せて、

「あなたのせいじゃないわ。そう落ち込まないで」

「でも、やっぱり……」

と言いかけると、病室のドアが開いて、

「どうしたの？　大丈夫？」

と、スラリと細身で長身の男の子が大股《おおまた》に入って来た。

「来なくたっていいのに」

「入院したなんて聞いたら、来ないわけにいかないだろ。しかも救急車で運ばれたなんて」

「でも、大丈夫。ちょっと疲れただけよ」

と、真知子は言って、「彩乃ちゃん。これが息子よ」

牧原健児と真知子の息子、牧田秀哉に、彩乃は初めて会ったのだった。

「三枝です」

と、きちんと一礼して、「いつもTVで……」

「君が付人の。――話は聞いてるけど、初めてだね。お袋がいつも無茶言ってんだろ」

「とんでもない」

と、彩乃は言った。「あの――ご主人様は？」

「あの人、仕事で札幌に行ってるの」

と、真知子が言った。「秀哉、大丈夫だからって知らせといて。入院したって、他から聞いたら心配するから」

「分った。言っとくよ」

新人スターの牧田秀哉は、いかにも現代の若者という体型で、両親のどちらともあまり似ていない。

「じゃ、俺、行くよ」

と、牧田秀哉は言った。「ドラマのワンカット、残ってんだ」

「行って。彩乃ちゃん」

「はい。何か買って来ましょうか？」

「いいえ、いいの。今日はおとなしく寝るから。あなた、本当は休みなんだものね。帰っていいわよ」

「いえ、でも――」

「いいの。明日迎えに来てちょうだい」

「分りました」

少し迷ったが、真知子も言い出したら聞かない人だ。「じゃ、何かあったら、いつでも電話して下さい」

「ええ。——秀哉」

「何だい？」

「この彩乃ちゃんにお礼言っといてね。よく働いてくれるんだから」

「分った」

と、真知子は言った。

——彩乃は、牧田秀哉と一緒に病室を出た。

「じゃ、私、ここで」

病院の玄関で、彩乃は言った。

ケータイで母にかけると、

「——うん、大したことなかったの。これから帰るわ」

「じゃ、夕飯、食べる？」

「うん、帰って食べるわ」

そう言うと母が喜ぶことを、彩乃は知っていた。

ケータイを切って、外へ出ると、牧田秀哉が立っていた。

「あら、タクシーですか?」

「いや、君を待ってた」

「私を?」

「ちゃんとお礼を言わなきゃね」

「そんなこと……」

「お袋だけじゃない。親父《おやじ》も君に助けてもらったんだろ」

「ああ、そういえば……。お父様はお元気ですか」

牧原健児とはほとんど会っていない。刺された傷はとっくに治って、仕事に戻っていることは聞いていた。

「相変らずさ。こりない人だからな」

と、秀哉は言って笑った。「君も役者だって?」

「以前はです」

「でも、役者を諦《あきら》めたわけじゃないんだろ?」

そう訊《き》かれて、彩乃はすぐに答えられなかった。

「ああ、もう行かないと」

と、牧田秀哉は言って、「たったセリフ三つくらいなんだけど、たぶん夜までかかるだろうな」

「ＴＶドラマですか。大変ですね」

と、彩乃は言った。

「何度も同じセリフを言って、あちこちから撮るんだ。慣れないとうんざりするよ」

と、秀哉は言った。

「でも、それがつながると、ちゃんとストーリーになってるんですから」

「だけど、やっぱり舞台がいいな。もちろん一回一回真剣勝負だけど、『カット！』の声は入らないからね」

秀哉はニッコリ笑って、「じゃあ、また」

と言うと、客待ちしているタクシーの方へ、踊りのステップでも踏んでいるような足取りで行ってしまった。

タクシーが走り去るのを見送った彩乃は、中から秀哉が手を振っているのに気付いて、あわてて右手を上げた。しかし、たぶん見えなかっただろう。

「――若いなあ」

と、彩乃は呟《つぶや》いた。

同じ十九歳とはいえ、別れ際《ぎわ》のあの笑顔や、軽やかな足取りは、まだ「少年」を感じさせた。

私とは違う世界の人。――彩乃は心の中でそう呟いて、

「帰らなくちゃ」

お母さんが待ってる。急いでバス停へと歩き出した。

バスで座れて、眠ったので、大分頭はスッキリした。

「――ただいま！」

家へ帰って、母の用意してくれていた夕食を食べる。

佑香は嬉しそうだった。彩乃は中原真知子のことを話して、

「そうだ」

また何か連絡があるといけない。ケータイを取って来て、

「メールが来てる」

いつ来たんだろう？　町田刑事からだ。

着信の時刻を見ると、バスで居眠りしていたときらしい。

〈三枝彩乃さんへ

三ッ橋さんの通夜《つや》は明日の夜七時から。K区斎場です。もし無理でなければ……。
町田〉

そうだった。三ッ橋刑事の死。

彩乃は、すぐには返事できなかった。真知子の体調と、明日の予定が分らなければ……。

「どうかしたの？」

と、佑香が訊いた。

「何でもない。仕事のこと」

母に心配をかけたくなかった。それに、母とも関係のないことではないのだ。どうしても必要でない限り、母に話すのはやめよう。

食事をすませて、彩乃はお風呂《ふろ》に入った。——湯船に浸《つか》っているのが、何よりの安らぎの時間である。

のんびり入って出て来ると、ケータイにメールが入っていた。真知子からで、

〈明日、ヘアカラー、忘れないで〉

と、用事だけ。

この元気なら大丈夫だろう。

バスタオルを体に巻いて、髪を乾かしていると、ケータイが鳴った。

「あ……」

牧原健児からだ。急いで出ると、

「真知子が入院したと聞いたんだが……」

「あ、そうです。でも、ただの過労だと」

秀哉から連絡が行っていないようだ。

彩乃の話を聞いて、

「――そうか。それなら良かった」

と、牧原は言った。

「ご連絡しなくてすみません」

「いや、あいつのことだ。余計な心配させるなと言うだろう」

牧原は、いつもの声に戻って、「どうかね、毎日」

「おかげさまで。色々行き届きませんけど、何とかやっています」

「いや、君のことは本当に高く買ってるよ、あいつは。よろしく頼む」

「はい」

と言って、彩乃は、「あの――もうおけがの方は……」

「うん、もう何ともない」

「あの……市川佑美さんはどうされてるんでしょう」

こんなことを訊けば、気を悪くされるかと思ったが、つい言ってしまった。

「うん、弁護士が色々手を尽くしてくれて、軽い罪で済むだろうということだ」

「そうですか……」

「お腹《なか》の子は、中絶せずに産むと言っているようだよ」

そのことが気になっていたのだ。もし、本当に産むとなれば、父親は牧原なのだから、色々厄介なことになる。

しかし、これ以上彩乃が口を挟むことでもない。

――パジャマに着替えて、ベッドに横になると、彩乃は少しためらってから、町田刑事へかけてみた。

「――やあ」

「メール、どうも」

彩乃の言葉に、

「いや、もちろん分ってる。無理しないでくれ」

と、町田は言った。

「うまく都合がつけば伺います」

「ああ、そうしてくれ。三ッ橋さんも喜ぶだろう」

彩乃は、しかし気がかりだった。

「でも、町田さん。もし三ッ橋さんがあの昔の事件を調べていたせいで亡《な》くなったとしたら……。私のせいでしょ」

「いや、君がそんな風に考えなくても……」

「どうだったんですか、亡くなった原因って」

「それがはっきりしない。確かに心臓の発作だというんだが、発作の原因は分らない」

「調べたんでしょう?」

「いや、殺人だという根拠がないからね。今、司法解剖は医者が足りなくて大変なんだ。三ッ橋さんの場合は、殺されたという可能性があると立証できなくてね」

「まあ……」

「僕も気にはなってる。しかし、一人で勝手に調査するわけにいかないしね」

「そうですか」

「他の事件の捜査に当らなきゃならない。気にしていても、どうすることもできなくて」

「分ります。——じゃ、もし明日伺えたら」

心残りのまま切ろうとしたが、

「彩乃君」

と、町田が言った。

「はい。何か？」

「もし君に……暇な時間ができたら、まあ忙しくて、そんな時間はないだろうが、もし都合がうまく合うようだったら……」

「ええ」

「食事にでも付合ってくれないか」

町田は、やっとの思いで口に出しているようだった。

「分りました」

「いい？　すまないね」

「ちっとも。——じゃ、私の方の空く日を、メールで知らせます」

「そうしてくれるかい？　僕の方もそうするよ」

町田はホッとした口調で言った。

「それじゃ……」

彩乃は通話を切ると、ふと三ッ橋が、「町田は刑事に向かない」と言っていたことを思い出した。

確かに、食事を一緒に、と言うだけでも、これだけ遠回しになってしまうのだ。

「これじゃ、犯人に逃げられそうね。——恋人にも」

と、彩乃は呟いた。

15　空白の時間

翌日、真知子たちは病院から直接ＴＶスタジオに向った。

「——中原さん」

スタジオに着くと、プロデューサーの加藤が待っていた。「大丈夫ですか？」

真知子は顔をしかめて、

「誰に聞いたの？」

「伝わりますよ、そんな話」

と、加藤は言った。「大津君も、中原さんに無理させ過ぎたって後悔してました」

「私は大丈夫よ」

「ええ。しかし、大事にしていただかないと」

加藤はディレクターの大津が来たので手招きして、「今、二人で打合せたんです」

「年寄はクビにしようって？」

「とんでもない！　団地の収録がスムーズだったんで、後は大分スケジュール、楽になったんですよ」

と、加藤は言った。「だから、中原さん、三日間休んで下さい」

真知子は加藤と大津を交互に眺め、

「どうせなら一か月とか言ってよ。三日間なんて半端《はんぱ》な！」

「でも、少しのんびりされたら」

と、彩乃も言った。

本当は少し休んでほしかったのだ。

「そうね。三日ありゃ、一日目に離婚、二日目にお見合して三日目に再婚できるわね」

「中原さん」

と、大津が言った。「実は加藤君と相談して、勝手ながら、温泉旅館を予約しました。列車も今日の午後のをグリーン車で取りました」

「手回しのいいこと」

「こちらも、いらっしゃる所が分ってた方が安心ですからね」

真知子も笑い出してしまった。

「それが本音ね？――いいわ。それじゃお言葉に甘えましょ」

「ぜひ！　ちゃんとした旅館ですよ。向うにも中原さんがいらっしゃることを言ってありますし」

「でもね、私一人じゃ――」

「分ってます。お二人ということにしてあります。どなたと一緒でも」

「じゃあ、ご主人と」

と、彩乃は言った。「それとも秀哉さんとでも」

「冗談じゃない」

と、真知子は言った。「あなた、一緒に来てよ」

「私がですか？　でも――」

「男さえ連れ込まなきゃ、一緒に寝たっていいわよ」

「――分りました」

彩乃は、一日遅れて行く許可をもらった。今夜の三ッ橋のお通夜に出たかったのだ。

この日は、簡単なシーンを二つ撮って、昼前に終った。

彩乃は急いで真知子の旅仕度をして、夕方、東京駅までついて行った。

列車を見送って、すぐ自宅へ帰り、びっくりしている母に早口で説明して旅行の用意をした。

そして、黒のスーツに着替えた。

「あ。——お香典の袋」

仕方ない。どこかのコンビニで買おう。

彩乃は急いで家を出た。


読経《どきょう》が始まっていた。

記帳して香典を置くと、彩乃はそっと中へ入った。

あまり人は多くない。——椅子《いす》は半分ほど空いていた。

町田がどこにいるのか、目で捜しながら、近くの椅子にかける。

正面に、三ッ橋の遺影が見える。おっとりと笑っているその写真は、白髪で、最近のものだろうと思えた。

でも——まさか二十年以上も前の殺人事件のせいで殺されたわけではあるまい。

突然の発作で。きっとそうだ。

しかし、彩乃としてはスッキリしないものがあった。

祖母が殺された事件も解決していないのだ。そして、もう町田もそれに係ることはできないという……。

前の席の男性が、知り合いを見付けたのか、席を移って行った。遺族の席が彩乃から見えた。

ほんの数人。——遺族の席にいるのは、せいぜい二十歳くらいの、彩乃とほとんど変らない若い娘だった。

三ッ橋の娘だろうか。そして——その隣の席に、町田が座っていた。

黒いワンピースの娘は、うつむいて、膝《ひざ》に置いた手はハンカチを握りしめていた。

町田がその娘に何か囁《ささや》くと、娘は何度か小さく肯《うなず》いた。

その場面で、彩乃はその娘が町田を頼っているのだと感じた。

それは役者としての経験から来る直感だった。おそらく、あの娘は町田を慕っている……。

町田が顔を上げて、彩乃に気付いた。

町田は、ちょっと意外そうな表情になったが、小さく会釈《えしゃく》して、正面に顔を向けた。

彩乃は、町田が少し困っている様子なのに気付いていた。

今、町田が遺族席に座っているのは、少々不自然である。三ッ橋の家族というわけではなく、同僚というだけなのだから。

しかし、当然この席に他の同僚もやって来て、遺族席に注目するだろう。

「――やあ」

彩乃の後ろの席で、隣り合った男たちの声が聞こえた。

「よく出て来られたな」

「うん。三ッ橋さんの通夜だって言えば、だめとは言わんさ」

「ネクタイが曲ってるぞ」

「仕方ない。何しろもうヨレヨレになってるんだ。――ついでに家に寄って、二、三時間眠ろうと思ってさ。焼香、まだか？」

「もうじきだろ。読経が結構長い」

二人とも同僚の刑事だろう。

「おい、町田が……」

と、一人が言った。「あいつ、いつから三ッ橋さんの息子になったんだ？」

「娘さんが引張って行ったんだよ、あそこに」

「和代《かずよ》ちゃん……だったか？」

「うん。一人になっちまったからな。心細いんだろ」

「あれじゃ、町田が婿《むこ》みたいだな」

「まあ、たぶんそういうことじゃないのか。確か、あの子、まだ二十歳《はたち》ぐらいだと思うけど、一人で生きてくのは大変だろう」

「町田も、ああやって隣に座ってるってことは、納得してるんだろうな」

彩乃は、ちょっと当惑していた。

三ッ橋自身が、「町田は君を好きらしい」と言っていたのだ。もし娘の夫にと思っていたのなら、あんなことを言うだろうか？

ただ、少なくとも和代という娘が町田を頼り切っているのは事実だろうと思った。

「――ご焼香を」

読経が終り、焼香が始まった。

初めは、もちろん娘だったが、一人で心細いのか、町田の方へ目をやる。町田も立って、一緒に遺影の前に進んだ。

他にも同僚の刑事が来ているのだろう。その二人の姿を見て、何か囁き合う声があちこちで聞こえた。

彩乃は、終りの方に並んで焼香した。

和代という娘の前に進んで、一礼する。

「わざわざどうも」

と言ったのは町田だった。

和代の方は彩乃のことが分るわけもなく、ただ機械的に頭を下げただけだった。

ともかく、今は町田と話していられる状況ではない。そのまま彩乃は斎場を出ようとした。

すると、

「三枝さん？」

と、後ろから呼ばれて足を止めた。

「はい……」

黒いスーツの中年の女性である。

遺族席の隅の方に座っていたような気がする。

「お呼び止めしてすみません。私、和代の叔母の有山《ありやま》ひとみと申します」

暗い中だが、きちんとした服装や雰囲気から、いわゆる「いい家の奥様」風だと思った。

「どうも……。三枝彩乃です」

「兄が仕事でお目にかかったようですね」

「はあ……。大分昔の事件のことで。たまたまお話しする機会が」

とても立ち話で説明できない。

「町田さんに頼まれましたの」

と、有山ひとみは言った。

「町田さんに？」

「少し待っていてもらってくれ、と。どういう事情なのかは存じませんが」

「そうですか。町田さんともお仕事でお会いしただけですが……。でも、今は私も帰りませんと」

「そうですよね。無理を言ってごめんなさい」

「いえ、とんでもない。落ちつかれたら、連絡下さいとお伝え下さい」

「分りました」

と、有山ひとみは肯いて、「和代ちゃんがすっかり参っているので、町田さんについていてもらわないと……」

「そうですか」

「母親が早く亡くなったので、和代ちゃんはお父さん子でしたからね」

「一人っ子でいらっしゃるんですか」

「ええ、そうなんです。町田さんをお兄ちゃんのように思っていて……。では、これで」

「よろしく……」

彩乃は息をついて、夜道を歩き出した。

有山ひとみの視線には、どこか彩乃と町田の間を疑っているかのような、そんな気配があった。

そうね。——たぶん。

有山ひとみとしては、残された和代を、自分が面倒をみることになるのは避けたいだろう。町田がその役を引き受けてくれたら、ありがたい。

そう考えるのは自然なことだろう。和代が二十歳としたら、一人でやっていくこともできようが、少なくとも父の死のショックから立ち直るには時間がかかるだろう……。

——バス停で、帰りのバスを待っていると、ケータイが鳴った。

　まさか、と思ったが、やはり町田からだ。

「——もしもし」

「ああ、今日はわざわざ……」

「いえ。ちょうど時間が取れたので」

「今、どこ？」

「あ……。バス停です。バスを待っているところ」

「少し時間、ありませんか」

　ほとんど懇願するに近い町田の口調に、彩乃も断れなくなってしまった。

　しかし、有山ひとみにああ言ってしまったのだから……。

　周りを見回して、

「バス停の所まで来られます？」

と、彩乃は言った。「何だか小さなスナックが開いてるみたいです」

「行く」

と、町田は即座に言った。「待っていてくれ。できるだけ早く行くから」

　仕方ない。——ちょうどバスがやって来たが、彩乃は少々さびれた感じのスナックへと足を向けた。

ノンアルコールカクテルを飲んでいると、町田は十五分ほどでやって来た。

「無理を言って申し訳ない」

と、町田は息を弾ませて言った。

黒のスーツにネクタイのままだ。

「大丈夫なんですか、出て来て」

と、彩乃は訊いた。「あの有山さんという方が……」

「分ってる。いや——まさか来てくれると思わなかったんでね」

「ちょうどお休みなので、中原さん」

「明日は——」

「告別式には出られないわ。中原さん、温泉に行っていて、私も明日の朝の列車で」

「そうか。いや、もちろん忙しいのは承知してる」

町田は、冷えたビールが来ると、一気に飲んで、大きく息をついた。

「——うまい。疲れたよ、ずっと緊張していて」

彩乃が黙っていると、町田は座り直して、

「君に誤解されたくなくてね」

と言った。

「あの和代さんって子のことですね」

「うん、中学生のころから知ってるんだ。あの子は父親と二人だったから……」

「伺いました。あなたをお兄さんのように思ってるって」

「そうなんだ。ああして隣に座ってくれと頼まれると断れなくてね」

「断ったら可《か》哀《わい》そうですよ」

「だけど、通夜に来た同僚には、『いつ婿入りしたんだ』と言われてね……。君にもそう見えただろうと思って」

「私のことなんか……。それこそお付合しているわけでもないのに」

「そう言わないでくれ」

と、町田は情ない顔で言った。「僕は君と付合いたいんだ」

「分りました」

と、彩乃は言った。「でも、三ッ橋さんのことを考えたら、和代さんを悲しませてはいけないでしょ」

「それはまあ……」

「和代さんの気持が落ちついてからにして下さい。私もまだしばらくは忙しいし」

「分った。でも――電話で話すくらいはいいだろ？」

「ええ。ただ、出られないこともありますよ、仕事柄」

「分ってる」

町田は少し安堵《あんど》した様子で、「明日から温泉？　どこの？」

「K温泉です。〈S〉っていう有名な旅館があるって」

「ああ、一度行ったことがあるよ。といっても泊ったわけじゃない。泊り客のことを調べに行ったんだがね」

町田の顔に、やっと笑みが戻っていた。

「和代さんは今……」

と、彩乃が言いかけると、

「今、二十歳だ。短大を出て勤めてる」

「そうですか」

「仕事をいつまでも休むわけにいかないし、却《かえ》ってあの子には立ち直るきっかけになっていいと思うけどね」

と、町田は言った。

その口調には、和代に頼られることを、多少煩《わずらわ》しいと感じている気持が見えた。

「でも、有山さんが、和代さんが参ってしまってるからって……」

「もちろん、それは分ってる。落ちつくまでに時間はかかるだろう。でも、僕もそうついていてやれるわけじゃないから」

刑事という仕事では確かにそうだろう。

「それより、町田さん」

と、彩乃は言った。「私が気になってるのは、三ッ橋さんの死が、もしも祖母の事件と係ってるとしたら……」

「君が気にするのも分かるよ。でも、いくら何でも二十年も前の事件で――。それに三ッ橋さんは殺されたわけじゃないし」

「でも、可能性はあるんでしょ？」

「たぶんね。しかし、僕の力じゃ、どうにも……」

「分ってる。いいの。町田さんが気にすることじゃないし」

「そんな風に言われると――」

と、町田が言いかけたとき、スナックの扉が開いた。

彩乃は入口の方を向いていたので、

「あ……」

と、思わず声を出してしまった。

町田が振り向いて、

「和代ちゃん！」

三ッ橋和代が入って来たのだ。

「待って」

彩乃は、和代の様子を見て、「町田さん、ここ、払っておいてくれる？」

「うん、もちろん……」

「外で。表で話しましょ」

店の中で言い争いになるのは避けたかった。

和代が先に表に出た。彩乃はすぐ後に出ると、

「和代さん。――三枝彩乃です」

と、まず名のって、「お父さんのこと、残念でした。そんなに何度もお会いしたわけじゃありませんけど――」

「とぼけないでよ！」

と、和代が激しく遮って、「町田さんに気があるから来たんでしょ、お通夜に。分ってるわよ」

「そんなことありません。知らせてくれたのは町田さんですけど、私はお父様のことで……」

「じゃあ、町田さんとは何もないのね」

と、和代は尖《とが》った声で言った。

「ええ、もちろん」

「それなら、二度と町田さんに会わない、って誓って」

と、和代は言った。「連絡もしない、絶対に会わない、って。誓って」

さすがにすぐには返事ができなかった。しかし、ここで拒んだら、話はおさまらないだろう。

「分りました」

と、彩乃は言った。

「じゃ、誓うのね」

「誓います」

そう言わざるを得なかった。

和代は口もとに笑みを浮かべて、

「忘れないわよ、誓ったことは。誓いを破ったら許さないから」

「和代さん――」

「気安く呼ばないで！」

と、和代は叫ぶように言った。「あなたにそんな風に呼ばれる憶《おぼ》えはないわ」

和代は、彩乃が父親とどう係っていたのか、よく知らないのだろう。もし、彩乃のせいで父親が殺されたのかもしれないと分ったら、こんなことでは済まないだろうから。

スナックから、町田が出て来た。

「和代ちゃん……」

「この方、もうお帰りですって」

と、和代は言った。

「失礼します」

と、彩乃は一礼して、歩き出した。

「あの――」

と、町田が言いかけたが、

「私たちも戻りましょうよ」

和代が強引に町田の腕を取って、引張って行く。

「——馬鹿《ばか》らしい」

と、彩乃は呟いた。

どうして私が恨まれるの？　何もしてないのに！

明日は朝早く起きなくてはいけないのに。——和代のことを思い出して、今夜は眠れそうもない、と思う彩乃だった。

16　転落

駅の改札口を出ると、ひんやりと冷たい山の空気に包まれた。

タクシーでもないのかしら、と彩乃は足を止めた。すると、

「三枝様でいらっしゃいますか」

スーツにネクタイの男性だった。

「そうです。あの——中原真知子さんの……」

「お迎えに上りました」

黒塗りの高級車が待っていて、彩乃はちょっとためらった。旅館の名の入ったマイクロバスを想像していたのだが。

「当旅館の車でございます」

　と言われて、

「そうですか……」

　乗らないわけにはいかない。

　車内もゆったりしていて、彩乃は却って落ちつかなかった。

「あの……中原さんは……」

「今、お出かけでございます。お昼にはお戻りとのことですので」

「そうですか」

「昼食をご一緒にとおっしゃっておいででした。食べないで待っていてほしい、と」

「分りました」

　と、彩乃は肯いて、「どちらへお出かけなんですか？」

「近くの珍しいお湯に入りに行かれました」

「へえ！」

　真知子が一人で秘湯巡り？　――どうやら心配するまでもなく、真知子はのんびりと休日を楽しんでいるようだ。

　車が横づけされたのは、確かに歴史のありそうな建物で、堂々とした「お屋敷」といった感じだった。

荷物といっても、小さなバッグだけ。それでもボーイが飛んで来て持ってくれる。

「お部屋へご案内いたします」

チェックインも不要で、そのまま広々としたロビーを通って、廊下を奥へと辿《たど》って行く。

途中すれ違うのも、浴衣《ゆかた》姿の、胸をはだけたおっさんなどではなくて、洒落《しゃれ》たゴルフウェアの紳士。

私には不似合だわ……。

「——こちらでございます」

通されたのは、確かに立派な部屋だが、そう広くはない。ベッドが置かれている。

「あの……」

「こちらは、三枝様お一人でございますので」

「え？」

話が違う、と思ったがそうも言えず、ともかく一人になって、ベッドに腰をおろした。

ケータイが鳴って、

「――はい」

「もう着いたの？」

真知子からだ。

「はい、今部屋に」

「私、ロビーにいるわ」

「じゃ、すぐ行きます」

彩乃は急いで部屋を出た。

ロビーのソファで、真知子はゆったりと寛《くつろ》いでいた。

「もうお湯に入った？」

「いえ、今来たばかりで」

「じゃ、一度ともかくここのお風呂に入ってらっしゃい。なかなかいいお湯よ」

「あの――」

「私たちは今、この外の湯へ入って来たの」

私たち？　彩乃が当惑していると、

「凄《すご》い旅館だね」

と、やって来たのは、どこかで見たような男だった。

「ね、この子が三枝彩乃ちゃん。いつも話してるでしょ」

と、真知子が言った。

「ああ。とっても働き者だってね」

彩乃がキョトンとしていると、

「知らないの、この人？　ＴＶとかに出てるでしょ。私のいた劇団の後輩。松山《まつやま》昭夫《あきお》君よ」

「はあ……。そういえば、たぶんＴＶドラマで……」

彩乃は、どう見ても三十そこそこのその男に、小さく会釈した。

「松山君が、ちょうど暇だっていうんでね。呼んだの」

と、真知子は言った。「あなたは一人で泊ってね。私はこの松山君と泊ってるから」

「はあ……」

彩乃がポカンとしていると、

「あなた、聞いてなかった？　誰かが話してないの？」

と、真知子が言った。「――そうね。ここんとこ松山君も忙しくなって、あんまり会えないからね」

「あの……すみません、何も知らなくて」

「いいのよ。私もまだ四十五だもの。まだまだ〈女〉なの。分るでしょ？」

「ええ……」

「松山君はそりゃあ優しいのよ。マッサージも上手なの。一度やってもらったら？」

「いいえ、結構です」

と、あわてて言った。「あの——お邪魔でしたら、私、東京へ帰りますけど」

「せっかく来たんだから、泊ってらっしゃいよ。明日一日あるし、あなたも誰か呼んだっていいのよ」

「いえ、そういう人、いません」

「そう？　じゃ、ともかく体をほぐして。私は松山君にほぐしてもらうわ」

真知子が、松山の手を握って、ニッコリ笑った。

いつも通りの真知子でいながら、確かに女の色気が彩乃にも感じられる。——ストイックな役者一筋の人生かと思っていたが、夫の牧原が若い女に手を出す一方で、妻の方も若い役者を旅先へ呼び寄せる……。

こういう世界なのね、と彩乃は改めて思った……。

その夜は、一人でも良かったのだが、真知子に言われて、松山と三人で旅館の個室で食事をした。

彩乃は焼魚などの和食だが、真知子と松山はステーキ。特に松山は若いだけあって、脂《あぶら》っこいサーロインをペロリと平らげた。

真知子と松山がバーへ行くと言うので、

「もう一度、温泉に入って来ます」

と、彩乃は言った。「おやすみなさい」

「おやすみ。明日の朝は遅いかもしれないから、先に朝食をとっててね」

「かしこまりました」

しっかり腕を組んで行く二人を見送って、

「芸のこやしか……」

女遊びの口実にそう言う男はよくいるが、真知子は本当に松山との恋が役に立っているのかもしれない。

当然、牧原も知っているのだろう。

彩乃は一旦《いったん》部屋へ戻って、大浴場に向った。

あまり入っていてものぼせて疲れてしまう。

ロビーで涼んでいると、もう十一時近くになっていた。

自然、欠伸《あくび》が出る。一人で寂しく寝るか、と伸びをすると——。

ロビーから見える、正面玄関の前にタクシーが着いた。こんな時間に客だろうか？旅館の人間が急いで出迎えると、彩乃がびっくりしたことに——やって来たのは、町田刑事だったのである。

「町田様でいらっしゃいますね。どうぞ……」

予約していた？　聞いていて、彩乃は混乱した。

上って来た町田が、彩乃に気付いた。

「——やあ」

「町田さん……。どうしたの？」

「いや、君がここへ来ると言ってたんで」

「それはそうだけど……。今日は——」

「うん。三ッ橋さんの告別式を済ませて来た。それでこんな時間に」

「でも……和代さんは？」

「地方から来た親戚《しんせき》と一緒だ。それと、有山さんともね」

「大丈夫なの？」

「僕だって、仕事がある。そう休めないのは彼女も分ってるよ」

しかし、彩乃は、自分に「誓わせた」あの和代の目の燃えるような光を、忘れかねていた。まあ、いくら何でもこんな所までやって来ないだろうが。

「部屋へ一旦行ってくる。ここで待っててくれ。いいね」

「ええ……」

仕方なく、ロビーのソファに腰をおろす。

町田は、和代の嫉妬《しっと》の烈《はげ》しさに、却って彩乃に対して積極的になったのかもしれない。

「男心は複雑ね……」

と、彩乃は呟いた。

町田がロビーへ戻って来て、彩乃は気が進まなかったが、バーへ行くことにした。

真知子と松山が、もう部屋へ行っていてくれているといいけど、と願ったが、残念ながら、

「あら！　彩乃ちゃん、どうしたの？」

すぐに真知子に目をつけられてしまった。

「待ち合せたわけじゃないんです。たまたまここで一緒になって……」

と言いわけしたが、

「いいじゃないの！　恋は人生の潤滑油！　大いに楽しんで」

と、真知子は笑顔で言った。

カウンターの隅へ行って、彩乃は町田と並んで座った。

町田はウィスキーの水割りを取り、彩乃はノンアルコールのビールを頼んだ。

「まだ十九ですから」

と、彩乃は言った。「お巡りさんがそそのかさないでよ」

「酔わせたいがね」

と、町田は言った。

「私、いやです。和代さんに殺されるの」

「大げさだよ」

と、町田は苦笑した。「ともかく――会えて良かった」

「帰って、って言ったら、帰ってくれる？」

「言わないだろ」

「――そうね」

自分でも意外なほど、町田を身近に感じていた。

真知子が若い松山を連れて来ていることが、刺激になったのかもしれない。男がいるって悪いことじゃないのだ、と思った。

町田は独身だし、彩乃だって、只野と別れてから、男に触れていない。こんな温泉のあるぜいたくな宿に来て、一夜、町田と寝たからといって、文句を言われることもないだろう。

その先のことは、また考えればいい。

「――彩乃ちゃん、お先に」

真知子がポンと肩を叩《たた》いて言うと、「この子をよろしく」

と、町田の方へ声をかけて、松山と腕を組んで出て行った。

「もう遅いわ」

と、彩乃は言った。「町田さん、大浴場に入ってらっしゃい」

「うん。君は？」

「これ以上入ったら、のぼせて倒れる」

と、彩乃は笑って、「私の部屋に来て」

町田が彩乃の手を握った。

「ありがとう」

町田から、こんな力強い言葉を聞いたことはなかったような気がする。

そのとき、彩乃は一歩先へ足を進めることができた。――もう、只野との過去は忘れよう。

もちろん、町田とこれからどうなっていくかは別として、今は成り行きに流されてでなく、自分の意志で町田を選び取ったのだ……。

自分の部屋に戻って、彩乃は中を見回した。一人なら充分に広く、ベッドもセミダブルの大きさ。

もちろん、部屋にもバスやシャワーが付いている。

エアコンの温度を少し調節して、お茶を淹《い》れ、待った。

お茶もおいしい。旅館でよく出る粉っぽいお茶でなく、いやな苦みがない。

「さすがに高級旅館ね」

と呟《つぶや》く。

今ごろ、真知子はもう松山の腕の中なのだろうか。何だかいつもの真知子からは、想像がつかないが……。

待っていると、ずいぶん長く感じられる。このまま寝ちゃって朝になる? そんなの、いやだ!

彩乃は立って部屋の中を歩き回った。

そのとき、部屋の電話が鳴った。——誰だろう？

受話器を上げて、

「はい。もしもし？」

と言うと、切れてしまった。

何だろう？　間違いかしら？

肩をすくめて、受話器を置く。

ソファにかけて、お茶の残りを飲んで一息つくと、ドアをノックする音がした。

やっと！　飛び立つように、ドアへと急いだ。

「長湯だったわね」

と言いながら、彩乃はドアを開けた。

三ッ橋和代が立っていた。

彩乃は一瞬、幻でも見ているのかと思ったが——。

「誓いを破ったわね」

と、和代は言った。

「和代さん……」

「どうせそうなのよね。あなたみたいな女は、誓いなんて気にしない。そういう女なのよね」

冷笑するような口調は、彩乃を怒らせようとしていた。ここで取っ組み合いの喧嘩《けんか》でもさせようというのか。

しかし、彩乃はそれほど子供ではなかった。

「町田さんがここへ来たんです。私が呼んだわけじゃ——」

そのとき、

「何してるんだ！」

廊下に呆然《ぼうぜん》と町田が立っていた。

「町田さん……」

三ッ橋和代は、涙をためた目で、じっと町田を見つめた。「私に隠れて、こんな所でこの女と会ってたのね」

「和代ちゃん、どうしてここへ——」

と、町田は言いかけて、「有山さんだな。そうなんだろ」

和代の叔母だ。どうしてか、町田がこの旅館へ来るのを知って、和代へ教えたのだろう。

「そんなこと、どうだっていいじゃない」

と、和代はむきになって、「約束を破ったわ、この女」

「待ってくれ」

と、町田は言った。「僕の方が勝手にやって来たんだ。この人のせいじゃない」

「どうしてかばうの？」

「本当のことを言ってるだけさ」

「町田さんは私の大切な人よ」

と、和代は彩乃へと言った。

「和代ちゃん。僕は君の恋人じゃない」

と、町田は言った。「いいかい。これは自由な男と女の付合いなんだ。いちいち君に断る必要はない」

「そんな……」

廊下で三人が話していると、

「失礼ですが……」

旅館の仲居が立っていて、「他のお客様もおいでですので」

「ごめんなさい」

と、彩乃は急いで言った。「和代さんの部屋を――」

「はい、用意してございます」

「だったら、町田さん」

彩乃は町田の方へ肯いて見せて、「和代さんと部屋の中でお話しして。ここでは迷惑になるわ」

と言った。

「いや、そんな必要はないよ。和代ちゃん、君ももう子供じゃない。そんなわがままを言わないでくれ」

和代の頰を涙が伝った。

「変っちゃったのね、あなたは。この女のせいだわ。あなたはこんな人じゃなかったのに」

「和代ちゃん――」

「いいわよ。放っといて。私、一人で部屋へ行って寝るわ。案内して下さい」

和代は、仲居について行ってしまった。

「町田さん、一緒に行ってあげて」

と、彩乃は言った。「一人にしておかない方がいいわ」

「しかし……」

「あなただけが頼りなのよ、和代さんにとっては」

「どこかではっきりさせなくちゃいけないんだ。僕は君の部屋で――」

「それはだめ」

と、彩乃は強い口調で言った。

「どうして」

「考えてみて。和代さんが泣いているのを分ってて、そんなことできないわ」

町田は言葉に詰まった。――彩乃は町田の肩に手をかけて、

「また、機会はあるわ。――ね？」

と言った。

町田はため息をついて、

「分ったよ」

と肯《うなず》くと、「しかし、和代ちゃんの願い通りになるのは残念だよ」

「だめよ。亡《な》くなった三ッ橋さんのこと、考えて。大切な娘さんじゃないの」

そう言われると、町田も何とも言い返せず、そのまま和代の行った方へと向った。

――彩乃は、急に体の力が抜けたようで、部屋の中へ戻ると、ベッドの上に寝転っ

て、しばらくは起きられなかった。

和代だって、もう大人だ。何も彩乃がすべて譲らなくてはならないわけじゃない。

しかし、そう分っていても、彩乃としては三ッ橋の死に、どこか責任めいたものを感じてしまうのだった。

「ああ……。もう寝よう」

いつまでこうしていても仕方ない。

自分を叱《しか》りつけるように、

「しっかりして！」

と、口に出して言うと、起き上った。

明日は帰るのだ。むろん、そう早くはないだろうが。

彩乃は、ふと耳を澄ました。誰かが大声を上げている。

何だろう？　バタバタと廊下を駆ける足音。

何かあったのだろうか？

気になって廊下へ出てみると、町田が走って来るところだった。

「どうかしたの？」

彩乃は、町田が動揺しているのを見て不安になった。

「和代ちゃんが……」

「どうしたの？」

「ベランダから飛び下りた」

彩乃はよろけて壁にもたれた。

「それで……」

「分らない。三階だから、息はある。今、病院へ車で運ぼうと……」

彩乃は、それ以上聞いていられなかった。

部屋の中へ戻って鍵《かぎ》をかけ、床に座り込んでしまった。

私のせいで……。私のせいで……。

彩乃は頭を抱えて床に伏せた。

17 孤独

真知子と松山は十時過ぎにダイニングへやって来た。

一人でコーヒーを飲んでいる彩乃を見ると、

「あら、おはよう！」

と、真知子は明るく声をかけたが、すぐに足を止めて、「どうしたの？　何かあったのね？」

「そんなに疲れて見えます？」

「憔悴《しょうすい》し切ってる顔よ。どうしたの？」

「ゆうべ、ちょっと……」

真知子は松山へ、

「一人で食べてて」

と言って、自分は彩乃のテーブルにつき、

「話して。何があったの？」

「実は……」

彩乃は、正直にすべて話した。真知子なら、ちゃんと聞いて、そして余計な慰めなど言わないだろうと分っていたからだ。

「――辛《つら》かったわね」

と、真知子は静かに肯いて、「で、その飛び下りた子は？」

「三階でしたが、下が植込みだったので、手首と脚の骨折ですんだそうです」

「そう。――あの男の人は？」

「彼女について、東京へ帰って行ったと思います。放っておけませんから」

「そうね」

真知子は肯いて、ちょっと息をつくと、「今日の帰りの列車は何時だった？」

「十五時です」

「じゃ、昼過ぎまではゆっくりしていられるわね。あなたも一緒に帰るでしょ？」

「松山さんは？」

「一緒に帰るわけにいかないわ。あと一泊して行くって」

「分りました。じゃ、ご一緒に」

「二時にロビーでね」

「はい」

仕事の話に切り換えてくれたのが、ありがたかった。

ともかく、ゆうべはほとんど寝ていない。

食欲はなかったが、真知子が松山のテーブルへ移ると、彩乃はフレンチトーストを頼んで、何とか食べた。

そして自分の部屋へ戻り、フロントに二時に出る旨《むね》の連絡をしておいて、横になった。

少しウトウトしていると、ケータイが鳴った。町田からだ。

「――町田さん？　和代さんはどう？」

「うん、今、東京の病院に入院させた」

「良かったわ」

「君にはすまないことを――」

「もう言わないで。ともかく、当分連絡しないでちょうだい」

「分ったよ」

町田としては、彩乃がもう少し優しく、同情してくれると思っていたのだろう。不機嫌そうな声をしていた。

もうこれきりになるかもしれない。――彩乃は、そんな予感を覚えながら通話を切った。


東京駅のホームに、プロデューサーの加藤が迎えに来ていた。

「あら、どうも」

真知子は上機嫌で、「おかげさまで、のんびりできたわ」

「お元気そうで何よりです」

と、加藤はニッコリ笑って、「たまには一人で寛ぐのも悪くないでしょう」

その口調で、真知子が「一人でなかった」ことをちゃんと加藤が承知しているのだと彩乃にも分った。

「夕食の時間ですから」

と、加藤は言った。「ついでに、明日からのスケジュールを少し打合せさせていただけると……」

「もうこき使うのね？」

と、真知子は笑って、「あなた……。彩乃ちゃん、大丈夫？」

と、彩乃の方を振り向く。

「はい、もちろん」

仕事をしている方がいい。そんな彩乃の状態を、真知子もよく分っていた。

「じゃ早速」

と、加藤が言った。

——食事をして、会話が弾むと、彩乃も笑っていられるようになった。

打合せといっても、その場での口約束だけで、のんびりとしてきた真知子は、いつもの真知子に戻っていた。

「そうそう」

と、加藤が食事が終ったところで言った。「あの団地での絵がね、なかなかいいんですよ。シナリオの方と相談してね、あの団地のシーンを増やすことにしました」

「また、あそこでロケ？」

真知子が彩乃の方を見る。

「分りました」

と、彩乃は肯いて、「いつからロケですか？」

「うん、今度の週末からと思ってる。詳しいことは、中原さんの体調もあるからね」

「私は見ての通り大丈夫よ」

と、真知子は言った。

「じゃ、たぶん土曜日からです」

「連絡しておきます」

と、彩乃は言った。

早いに越したことはない。――彩乃は席を立って、静かな所へ出ると、ケータイを取り出して、あの管理事務所の梶谷へかけてみた。

三度かけても出ないので、彩乃は須山圭子へかけてみた。

「もしもし」

「あ、須山さんですか。三枝彩乃です」

「あら、どうも」

「実は、またお願いが――」

彩乃がロケのことを話すと、

「分ったわ。いつでもＯＫよ」

「梶谷さんにお伝え願えますか？　さっきかけてみたんですが、お出にならないので……」

少し間があった。「――須山さん？」

「あのね」

と、須山圭子が言った。「梶谷さん、亡くなったのよ」

彩乃は言葉を失った。圭子は、

「びっくりしたわ」

と続けた。「電車にひかれたのよ」

「電車に？」

「ここから三十分くらいの所に踏切があるの。無人でね、遮断機もない小さい踏切なんだけど、そこでね……」

「──事故、ですよね」

と、彩乃はやっと言った。

「よく分らないの。あそこはカーブしてて、直前まで見えないのよ。梶谷さん、線路の上に倒れてたって」

「倒れて？」

「酔っ払ってたんじゃないかって言われてるけど。──ともかく、まともにひかれたんで、ひどい状態だったらしいわ」

「それ、いつですか？」

「一昨日《おととい》のこと。まだ管理の仕事を誰が継ぐか、決ってないの」

「分りました。ロケの日程が正式に決りましたら、またご連絡します」

そう言って、彩乃は通話を切った。

梶谷が死んだ……。

あまりに意外なことで、彩乃は少し混乱していた。

食事の席に戻らなくてはと思いながら、しばらく動けなかった。

もちろん偶然だろう。しかし──。

三ッ橋が死に、またすぐに梶谷が死んだ。三ッ橋も病死ではなかったかもしれない。そして梶谷も事故でなかったら？

彩乃はほとんど無意識にケータイで、町田へと発信していた。しかし、つながるかどうかという瞬間、ハッとして切ってしまった。

考えてのことではない。——入院している和代のことが一瞬、頭をよぎったのである。

彩乃がまた連絡して来たと分れば、町田は喜ぶかもしれないが、和代がそれを知ったら……。

むろん、今彩乃が連絡しようとしたのは、恋人としての町田でなく、刑事としての町田だが、そんな理屈が和代に通じるとは思えない。

そう。今はそっとしておこう。

彩乃は気を取り直して、真知子たちとの食事の席へと戻って行った。

「まあ、そんなことがあったの」

と、三枝佑香は言った。

「ね、ちょっとびっくり」

彩乃は帰宅して、お茶漬を食べていた。

もちろん、しっかり真知子たちと一緒に食べて来たのだが、帰宅してお茶漬一杯でも食べると、母が喜ぶのである。

食べながら彩乃が話したのは、真知子と若い役者の松山とのこと。

あの団地での出来事はもちろん、町田とのことも、母に話さなかった。

「女優さんは、そういうことがあるからきれいなのね、いつまでも」

と、佑香は言った。

「そうね。ご主人もてる人だけど、奥さんも負けてないってことかしら」

と、彩乃は言った。「――ごちそうさま」

「お風呂《ふろ》に入る？」

「そうね」

「少し追いだきすれば大丈夫よ」

「温泉で入って来たけど……。ふやけちゃうかな」

と、伸びをする。

「早く寝なさいね。明日からまた仕事でしょ？」

「うん。――明日はそう早くない」

「でも、疲れてるでしょ」

母の言葉に、さりげない気づかいを感じて、

「お母さん……」

「有山さんって方から、電話があったわ」

「え？」

「あんたが、町田さんって人に手を出してるって。三ッ橋さんって刑事さんの娘さんが自殺しようとしたんですって？」

「そんな……」

彩乃は啞然《あぜん》とした。

「分ってるわ。そんな話は一方的に決めつけられるものじゃない。伺っておきます、とだけ言ったわ」

「お母さん……」

「放っておけばいいのよ。言いたい人には言わせておけば」

「お母さん。——私は人に知られて恥ずかしいようなことはしてないわ」

「ええ、分ってるわ」

と、佑香は微笑《ほほえ》んで、「さ、お風呂に入ってらっしゃい」

「はい、ＯＫ！」

と、ディレクターの大津の声が響いた。

スタジオの中は、熱気があった。

「こんな日もあるんですね」

と、彩乃はプロデューサーの加藤に言った。

正に、いつもなら夜中までかかってもおかしくないシーンの収録がトントン拍子に進んで、午後三時過ぎに終ってしまったのである。

「面白いよな、全く」

と、加藤は言った。「何といっても、中原さんの力だ」

「そうですね」

真知子がみごとに役をこなしていて、他の役者もそれに影響されている。それは彩乃にもよく分った。

「温泉旅行が効いたな」

加藤の言葉に、彩乃は黙って肯いた。

若い恋人と過した時間。それが真知子にエネルギーを与えたのだと言えるだろう。

「——頑張ったわね、今日は」

真知子が上機嫌で言った。「あなたも早く帰って、彼氏と会ったら？」

そう言ってから、三ッ橋和代のことを思い出したようで、

「ごめん。それどころじゃなかったわね」

「いえ、いいんです」

彩乃は微笑んで、「あの——この後、ご用がなければ、あの団地へ行って来たいんですが」

「ええ、いいわよ」

真知子には、梶谷の死を話していなかった。今夜が通夜《つや》と聞いていたのだ。三ッ橋の通夜から続いてのことで、気は重かったが、やはり梶谷の死について知っておきたいことがあった。

須山圭子に電話してみると、

「団地の集会所よ。午後六時から」

「じゃ、伺います」

「待ってるわ」

彩乃は通話を切って、振り向くと、真知子が立っていた。

「何ごとなの？」

「あ……。すみません。お耳に入れることでもないと思ったので」

彩乃が梶谷の死のことを話すと、

「それは妙ね。——分ったわ。行ってらっしゃい。何かあったら、私にも教えて」

「はい」

彩乃は真知子に話して、やはりホッとしていた。

一旦家へ帰って、また黒いスーツに着替える。母が目を丸くしていた。

18　疑い

もう暗くなった団地の中で、集会所の辺りだけがポカッと明るく、ひどく侘《わび》しい光景だった。

もともと住人も少ない団地だ。通夜といっても、人がいるのだろうかと思ったが、それでも七、八人が椅子《いす》にかけていた。

「まあ、わざわざ」

須山圭子がすぐ気が付いてやって来た。

「遅くなって……」

「大丈夫。そろそろお経が終るわ」

と、圭子が言った。「ずいぶん省略してるわよ」

と、小声で付け加える。

彩乃は椅子にかけて、来ている人たちの後ろ姿を眺めた。

ほとんどが老人で、背中が丸くなって見えた。

それでも、焼香になると、団地の住人たちが、まばらではあるがやって来た。

身寄りらしいものもなかったようで、須山圭子が家族の代りに通夜の面倒をみているらしかった。

彩乃は焼香がすむと、圭子から話を聞こうと思って待っていた。

片付けが始まって、椅子に座ってもいられなくなり、表に出る。少し寒かったが、仕方ない。そう長く待つこともあるまい。

老人が一人、外からやって来て、

「もう……終っちまったのかね」

と、彩乃に訊《き》いた。

「ええ。片付けられてしまいましたよ」

「そうか。時計が止っていてな……」

「そうですか。仕方ないですよ」

「うん……。梶谷さんにゃ、色々世話になってね」

「お気の毒でしたね」

「死顔は見たかね」

「いいえ。事故でしたから……」

列車にひかれたので、死体はひどい状態だったという。棺《ひつぎ》の蓋《ふた》は閉じられていた。

「そうだってな……。どうしてまた……」

と、老人は言った。「ほんの少し前に、会ったばかりだったのに……」

「少し前……。事故の前に、梶谷さんに会ったんですか？」

　と、彩乃は訊いた。

「うん。一緒に飲んでいた」

「そうですか。梶谷さん、ずいぶん酔ってらしたとか？」

「いや、酔っちゃおらんよ」

「え？」

「梶谷さんはビールを一杯飲んだだけだ。もともと酒は弱かったからな」

「ビールを一杯。それだけですか？」

「ああ。二人でビール一本、やっと飲んだんだよ」

と、老人は言った。「年をとると、そんなもので充分さ」

ビールを一杯。――梶谷は酔っていなかった？

では、なぜ踏切で倒れていたりしたのだろうか。

「梶谷さんの亡くなった踏切って、ご存じですか？」

と、彩乃は訊いた。

「ああ、知っとるよ。だが、ほとんど行ったことがないな」

「ここから三十分ほどとか……」

「私の足なら一時間もかかるだろう。あんな所に行く用もない」

「梶谷さんは何しに行ったんでしょう？」

「さあな。見当もつかん。――冷えるね」

老人は少し危なっかしい足どりで戻って行った。

「――待たせてごめんなさい」

と、圭子がやって来た。

「いえ……。ご苦労様です」

「まあ、あの人も、悪い人じゃなかったからね」

と、圭子は言った。

「あの――一つ教えて下さい」

「何？」

「その踏切って、どう行くんですか？」

圭子は目を見開いて、

「これから行くの？」

「見ておきたくて。明日は仕事がありますし」

「そう。でも――寒くない？」

「大丈夫です。丈夫なので、体」

「道は迷いようがないわよ」

と、圭子は教えてくれて、「一緒に行ってあげようか？」

「でも、それこそお風邪でも……。大丈夫です、一人で」

「そう？　じゃ、戻って来たら、部屋へ寄って」

「そうします」

――彩乃は、夜道を歩き出した。

確かに人通りは少ないが、道は一本なので、迷うことはない。

少しせかせかと歩いて……。

「――ここね」

無人の踏切である。

誰が置いたのか、花束が一つ、傍に置いてあった。

ゴーッと音がして、やがて電車が見えた。見ていると、カーブしているせいもあって、確かに誰かが倒れていても分るまい、という気がした。

彩乃は電車が目の前をゴトン、ゴトンと音をたてて走り抜けるのを見ながら、思った。

電車にひかれて、「ひどい状態だった」遺体を、梶谷だと確認したのは誰だったのだろう？

電車が通り過ぎて、静かになる。

すると――踏切の向うに誰かが立っていて、彩乃はびっくりした。

一瞬、梶谷の幽霊かと思ったのである。しかし、すぐに別人だと分った。

コートをはおったその男は、踏切を渡って来ると、

「君は何してるんだ？」

と訊いた。

その口調は、どことなく三ッ橋に似ていた。

「刑事さんですか？」

と訊くと、相手はびっくりしたようで、

「どうして知ってる？」

「いえ、何となく……。私、梶谷さんを知っていたので、亡くなった場所が見たくって」

と言って、彩乃は自分のことを説明した。

「そうか。あの団地でロケ？」

「そうです」

「中原真知子か……。昔はファンだった」

「今は違うんですか？」

「そういうわけじゃないが」

と、刑事は苦笑して、「TVドラマなんか見てる時間がない」

「見ればきっとファンになりますよ、また」

と、つい宣伝している彩乃だった。

「僕は尾崎《おざき》。K署の者だ」

と、一応警察手帳を見せて、「梶谷とは親しかった？」

「いえ、ロケを通じて会っただけです。——尾崎さん」

「何だね」

「梶谷って呼び捨てにされていましたけれど……。あの人、何かやったんですか？」

尾崎刑事は、彩乃の指摘にちょっとびっくりしたように、

「そんなつもりじゃなかったんだが……」

と、口ごもって、「確かに、呼び捨ては良くなかったな」

「では……」

「実は、以前知っていたんだ」

と、尾崎は言った。「僕の親父《おやじ》の会社で働いてた」

「梶谷さんが？」

「うん。父は建設会社を経営しててね、ひところは五十人くらい使ってたんだ。その中に梶谷がいた」

と、尾崎は言って、「どうだい。ちょっとお茶でも。立ち話もなんだろ」

「分りました。でも、そんなお店、あります？」

「この先は意外ににぎやかなんだ。駅が近いからね」

尾崎について行くと、やがて本当に大きな駅ビルが見えて来た。

その中のスナックに入ると、彩乃はジュースを頼んだ。

「まだ十九です」

「そうか。大人びてるな」

尾崎は四十くらいだろう。梶谷は六十五、六に見えたから、大分若い。

「梶谷は会社で経理をやってたね」

と、尾崎は言った。「僕が高校生のとき、父の会社は危くなった。下請けの悲しさで、コストを下げられなかったんだ。そのとき、梶谷は会社の金を使い込んで、姿をくらましちまった」

「まあ」

「会社は倒産して、一家は大変さ。僕は梶谷を見付けてやる、と決心した」

「それで刑事に？」

「いや、それだけじゃない。でも、それも理由の一つではあったよ」

「で、梶谷さんは見付かったんですか？」

「大した金は持ってなかったから、失業からホームレス状態になって、見付かったんだ」

「じゃあ、逮捕されたんですか」

「いや、父は被害届を出してなかったからね。それに、梶谷は病気していて、入院させなきゃならなかったんだ」

と、尾崎は言った。

その淡々とした口調に、彩乃は復讐《ふくしゅう》を誓った男の怒りを感じなかった。

「もしかして……」

と、彩乃は言った。「尾崎さんが、梶谷さんを入院させたんですか?」

「まあね」

と、尾崎は肯いて、「自分でもふしぎだったよ。冬の寒い日に、公園の隅でボロボロの毛布にくるまって震えてる梶谷を見たとき、怒りとか、いい気味だって気持も起らなかった。梶谷は見違えるくらい老《ふ》けてたし、実際僕ももう三十になっていて、刑事として色々事件に係って来た。梶谷は、僕のことがなかなか分らなかったよ。そりゃそうだろう。高校生のとき以来だからね」

「それで入院を……」

「救急車を呼んだ。肺炎をこじらせて、もう一日遅かったら死んでいただろうと医者は言った」

「じゃ、梶谷さんは感謝したでしょうね」

「どうかな」

尾崎は水割りを飲みながら、「わけが分らなくて、気味悪かったんじゃないか。退院したら仕返しされるだろうと、びくびくしていた」

「でも、しなかった」

「うん。今さら梶谷をどうしてみたところで、かつての生活が戻ってくるわけじゃない」

「ご家族は?」

「両親はもう亡くなっていた。涼子《りょうこ》という妹がいるが、今は結婚して子供もいる」

「尾崎さんは?」

「僕か。僕は独り者で、いつの間にか四十になった」

と、少しおどけたように言うと、「今さら梶谷に仕返ししてみたところで空《むな》しい。そう思うとね……」

彩乃は少し間を置いて、

「梶谷さんは本当に事故だったんですか」

と言った。

尾崎は不意をつかれたように彩乃を眺めていたが、

「——どういう意味だい、それは？」

「言った通りの意味です。あの踏切で電車にひかれたにしても、どうして線路に横たわってたのか……」

「それがどうした？」

「お通夜に来たお年寄が話してくれたんです」

彩乃は、梶谷が酔っていなかったという老人の話を伝えた。

「なるほど」

「ね？　酔ってなかったとすると、どうしてあんな踏切に……」

「しかし、梶谷を知っていた人間としては、こうも言えるね。梶谷を殺して得をする人間がいたのか？」

「動機ですね。それは……」

と、彩乃は言いかけて、「私の場合だって、祖母はなぜ殺されたのか、分りません」

「何だって？」

尾崎はびっくりして、「どういうことなんだ」

「少し長くなりますが、いいですか？」

彩乃はオレンジジュースを飲み干して、「すみません、もう一杯下さい」

と、オーダーした。

「三枝君といったか」

と、尾崎刑事は水割りを飲み干して、「君もずいぶんドラマチックな人生だね、若いのに」

「自分じゃ、特別そうも思っていませんけど」

と、彩乃は言った。

「あの団地でね。――そうか。まあ寂しい所だからな」

尾崎はちょっと腕時計を見て、「遅くなった。――僕も仕事がある」

「ええ」

彩乃は肯いて、「でも――もし、梶谷さんの死について、何か分ったら教えてもらえますか」

「いいとも」

メールアドレスを交換して、彩乃は財布を取り出した。

「いや、ここはいいよ、僕が払う」

と、尾崎が言った。

「いえ、一応お給料もらってる身ですから。それに、刑事さんだって、そう高給ってわけじゃないでしょう？」

尾崎は笑って、

「年齢《とし》が違うぜ。――しかし、ここは別々に払うか。今度、食事でもしないか？　そのときはおごる」

「一応、聞いときます」

と、彩乃は言った……。

そして、二人はまたあの踏切の所まで一緒に歩いた。

「電車、来ますね」

と、足を止める。

「そう本数が多いわけじゃないんだ。しかし、無人ってのは危いな」

電車が目の前を走り抜けて行く。

この下に巻き込まれて死ぬ。――どんなに悲惨なことになるか。想像するのも怖かった。

尾崎と別れて、夜道を歩きながら須山圭子に電話した。

「まあ、遅いから、どうしたのかと思ったわよ！」

「すみません。ちょっと寄り道してて」

と、彩乃は言った。「遅くなったので、このまま帰ります」

「分ったわ」

「ロケのときに、また」

彩乃はケータイをしまって、足どりを速めた。

風が冷たかった。

尾崎のようにアルコールを飲んでいたわけではない。彩乃はちょっと首をすぼめた。

北風の中では、夜道は遠かった。

何かが彩乃の頭にひっかかっていた。

続いた「死」である。

三ッ橋が死に、梶谷が死んだ。——もちろん、たまたまのことだろう。

しかし、どっちにも不自然な点が残っている。

「考え過ぎかしら……」

と、彩乃は呟《つぶや》いた。

ちょうど、あの団地の所まで戻って来た。ここからはバスがあれば……。

バス停に向おうとして、彩乃は何となく団地を眺めた。もちろん、今から須山圭子の所へは寄らない。

暗い団地は、いかにも寒々としていた。

そして——。

「え？」

彩乃は足を止めた。

今、7号棟を見上げていた。

「まさか……」

明りの点《っ》いた窓。あれは——302号室だ。

見間違いかと見直したが、撮影にも使っていたから確かである。

しかし、なぜ302号室に明りが点いているのか？

黙って見過すわけにはいかなかった。急ぎ足で7号棟へと向う。

階段を駆け上って行くと、三階で足を止めた。廊下の明りも点いている。いつもなら消えているはずだ。

誰かが302号室にいるのだ。

彩乃はそっと３０２号室のドアの前に立った。ドアは閉っているが、鍵《かぎ》はかかっているだろうか。

誰か中にいたら？——こんな夜に、一体誰がいるだろうか。

彩乃はそっとドアのノブをつかんで回してみた。——鍵がかかっていない！

静かにドアを引いた。蝶番《ちょうつがい》がきしんで音をたてた。

すると、室内の明りが消えた。

真暗というわけではなかった。玄関のドアを開けておけば、廊下の明りは入ってくる。

上り口に、男ものの靴が脱いであった。しかしそれは靴と呼ぶには、かなりひどい状態だった。

明りのスイッチがある。手を伸して押したが、点かない。

「——誰かいます？」

と、彩乃は靴を脱いで上ると、声をかけた。

明りを消した人間がいるのだから、誰かいるのは確かだ。

「団地の者ですけど」

できるだけさりげない口調で、「どなたですか？」

ギーッときしんで、暗い居間へのドアが動いた。

「あの……ここにご用なんですか？」

と、彩乃は、そのドアへそっと近付いて行った。

すると——バッと中の明りが点いたのである。彩乃は少しホッとして、

「びっくりしましたよ。ここ、人が住んでないんで——」

と、居間へ入って行った。

次の瞬間——彩乃は何も見えなくなった。いきなり後ろから袋のようなものをスポッと頭にかぶせられたのである。

びっくりして、

「何するの！」

と叫ぶと、首をぐいと絞められた。

息ができない！　誰かの手が彩乃の首にかかっていた。引きはがそうとしたが——。

首から手が離れたと思うと、下腹をいやというほど殴られた。体を折って、そのまま突っ伏してしまった。

玄関で靴を引っかける音がした。駆けて行く足音。——彩乃は下腹の痛みで、うずくまったきり、しばらく動けなかった。

喘《あえ》ぎながら頭から袋を外す。

畳の上で、彩乃は横になって、ショックがおさまるのを待った。

いきなり人に首を絞められ、殴られ……。

「私……殺されそうになったの？」

と、口に出して呟いてみると、やっと恐怖がこみ上げて来た。

どうして？ ――どうして、こんな目に……。

何とか起き上ると、頭にかぶせられていたビニール袋を手に取った。ゴミを入れる黒いビニール袋だ。

少しじっとしていると、お腹《なか》の痛みは大分おさまって来た。

今の男は――男には違いないだろう、と思ったが、絶対にそうとも言い切れない。

なぜ、この部屋にいたのか？ こんな空き部屋に、用もないのに入ったりするだろうか？

彩乃は、そろそろと立ち上った。

何とか大丈夫そうだ。

玄関へ出てみると、自分の靴がけちらされたらしく、転っていた。

あのひどい靴。――そう、あれは男ものだった。

彩乃は、そのときになって、思い当った。

逃げて行く足音を思い出したのである。あれは——片足を引きずっているようだった。

19　過去を訪ねる

「危いことはやめてね」

と、母、佑香に言われて、

「好きでやってるんじゃないわ」

と、つい言い返した彩乃だった。

帰宅して、やはりまだ様子がおかしかったのだろう、佑香から、

「何があったの？」

と訊かれた。

彩乃としても、何もなかったような顔はできなかった。

殴られたお腹のところは少しあざになっていた。

「どういうことなの？」

と問われて、さすがにとぼけてはいられなかった。

彩乃は、あの団地の、７号棟３０２号室をめぐる事情を、母に話した。

「偶然そんなことが？」

「私は、あの団地に案内しただけ。撮影にあの部屋を使ったのは偶然なのよ」

「でも……あんたまで殺されたら、どうしたらいいの？」

佑香が涙声になったので、彩乃はあわてて、

「そんな心配しないで！　充分用心してるから」

と、なだめた。

「だって、現に殺されそうになったじゃないの」

「だけど……本気なら、あんなものじゃすまないわよ」

そう。——あくまで偶然のことだったとしておかなくては、と思っていた。

同時に、あの部屋をめぐって、何があったのかを考えると、母に訊くしかない。

「邦子さんっていうんだっけ、おばあちゃん」

「ええ、そうよ」

「どうして殺されたのか、お母さん、思い当ること、ないの？」

「あれば話してるわ、お巡りさんに」

「そうだよね。でも……」

「分ってる。あれはただの物盗《ものと》りじゃなかった」

と、佑香は言った。「実際、何も盗られていなかったし。もっとも、盗まれるほどのものもなかったけど」

「強盗が居直って、盗むもののない腹いせにやったとか……」

「でも――胸を切り裂いたりしないでしょ、普通」

「切り裂いてた？」

「刺しただけじゃなかったのよ。あれは、何か恨みがあってのことだと思うわ」

佑香はそう言って、「ああ……。久しぶりに思い出したら、怖くなった」

と、額に手を当てた。

「ごめん！　思い出させちゃったね」

「いいのよ。ただ……」

佑香は青ざめていた。「ちょっと横になるわね」

「うん。何も心配ないからね」

――やはり話すのではなかった。

具合の悪い母に、不安な思いをさせてはいけない。

手間がかかっても、自分で調べる。——改めて彩乃は決心した。

もちろん、真知子の付人をしながらである。果してどこまでやれるか。

でも、放ってはおけない。——彩乃は、考え込んでしまった。

彩乃は、死んだ祖母、厚木邦子のことを、ほとんど知らない。母からは、彩乃が生まれるずっと前に死んだと聞かされているだけだった。

殺されたことも、三ッ橋に聞いて知ったのだ。——邦子は佑香と二人で、あの団地に暮していたという。

では佑香の父親はどうしたのだろう？　彩乃の祖父に当る人は誰なのか？

邦子は夫と離婚したのか、それとも死別したか。あるいはシングルマザーだったのか。

そうだ。邦子が殺されたのだから、まず邦子について、もっと知る必要がある。

といって、母にこれ以上話をしてくれと頼むことは避けたかった。

誰に訊けばいいの？

彩乃は、いささか途方にくれてしまっていた……。

さすがに、その夜、彩乃はなかなか寝つけなかった。

でも、少しでも寝ておかないと……。付人の仕事は大変なのだ。

やっとウトウトしたところだった。

ケータイが鳴って、目が覚めた。真知子から突然呼び出されたりすることがあるので、出ないわけにいかない。

「――もしもし」

と出てみると、少し間があって、

「あの……すみません」

と、女の声が言った。「三枝彩乃さんですか」

「はい。そちらは？」

「私……あの、山田安奈といいます」

一瞬、考えたが、すぐに気付いた。父が一緒に姿を消した女性だ。

「父と一緒の……」

「そうです」

と、ホッとしたように、「あの……私のこと、怒ってらっしゃると思いますけど」

「それは何とも……。こんな夜中に、何のご用ですか？」

「申し訳ありません。私も、どうしていいか分らなくなって……」

「どうしたんですか？」

「勇介さんが――お父様が具合悪いんです」

「具合が？　病気ってことですか」

「昨日から熱があって、心配してたんですけど、休めないからと言って……。帰ったときは、まともに歩けないくらいでした」

「医者には？」

「いえ……。本人が、『そんな必要ない』と言ってたんですが、今は口もきけない状態なんです」

放ってはおけない。彩乃はベッドを出た。

「救急車、呼びましょう。そこの住所を教えて下さい！」

強い口調で言った。

そして、メモを取ると、

「私もそっちへ行きます」

と言った。

「すみません！　本当に……」

安奈は何度も謝った。

彩乃がそのアパートに着いたとき、道に救急車が停っていた。

夜中なのでタクシーでやって来た彩乃は、その部屋へ入って行くと、

「あ……」

パジャマの上にガウンをはおった若い女性が立っていた。

「安奈さんですね」

「はい。彩乃さん……」

「父は？」

「今、救急車の方が……」

彩乃は奥の六畳ぐらいの部屋へ入って行った。布団《ふとん》に父が寝ていて、救急隊員が担架に乗せようとしていた。

「娘です」

と言って、「具合は……」

「いや、担架に乗せようとしてるんですけどね。当人が『放っといてくれ』とおっしゃるんで」

「そんな……。お父さん！」

と、叱《しか》りつけるように言うと、父、三枝勇介は目をパチクリさせて、

「お前……彩乃か」

「素直に言うこと聞いて！　何が『放っといてくれ』よ！」

「だって……入院なんかする金はないし……」

「死んじゃったら、もっとお金がかかるのよ、お葬式に。——運んじゃって下さい。すみません、お手数かけて」

「彩乃……」

「子供が生まれるんでしょ。今死んだら、それ以上の無責任はないわよ」

「すまん……」

彩乃は父の目に涙がたまっているのを見た。

——老けた、と思った。

このひどい安アパート。一体何をして暮していたのだろう。

「安奈さん。私がついて行きますから」

「でも——」

「あなた、お腹の子のことを考えて。病院が分ったら、連絡しますから。いいですね。その格好じゃ寒いでしょ」

「すみません。それじゃ……」

「いいから、私に任せて」

彩乃は、ここへ来る途中で、母が入院していた病院へ電話しておいた。幸い、知っている医師が当直だったので、受け入れてくれることになったのである。

深夜でもあり、病院まで二十分ほどで着いた。

すぐに診てくれた医師は、

「肺炎を起してるね。風邪をこじらせて、放っといたんだろう。入院して点滴すれば大丈夫だと思うよ」

と言ってくれた。

父は高熱で、状況もよく分っていないようだった。

「相当疲れてるようだ。無理して働いてたのかな」

と、医師に言われて、

「たぶん……。家出した不良親父なんで、よく知らないんです」

と、彩乃は言った……。

いくら若くても、眠気には勝てない。

その日、真知子がスタジオで収録している間、彩乃は楽屋に椅子を並べ、そこに横になって仮眠していた。

肺炎を起していた父を入院させたりして、ゆうべはほとんど眠れなかった。

真知子も、さすがに彩乃の様子に気付いて、

「いいから、あなたは楽屋で眠っていなさい」

と言ってくれた。

彩乃はその言葉に甘えることにしたのである。

二時間ほどだったが、眠りは深く、ケータイが鳴ったときにはパッと起きられた。

「こんなに寝ちゃったんだ」

と呟くと、「――はい」

「スタジオに来て」

と、真知子が言った。

「はい。すぐに」

手早く冷たい水で顔を洗うと、楽屋から飛び出した。

スタジオへ入って行くと、何だか妙な雰囲気だった。

「どうしたの?」

顔見知りのＡＤに訊くと、

「ベテラン復帰だよ」

笑い声がスタジオに響いた。

休んでいた浅野昌治がやって来ていたのだ。

「――急に戻って来たの？」

「そうなんだ。加藤さんも困ってる」

真知子が彩乃の方へやって来ると、

「休憩ね、しばらく」

機嫌が悪そうだ。「コーヒー、飲みに行きましょ」

スタジオの中は、自動販売機のコーヒーしかないので、外に出て、近くの喫茶店に入った。

「勝手よね」

と、真知子は座るなり言った。「みんなに迷惑かけといて、『戻って来てやったぞ』って言いたげにしてるんだから」

相手がスターでも、けじめのつけ方を知らない人間には怒るのが真知子である。

「スケジュールは……」

「これから加藤さんと大津さんが頭を抱えるでしょうね」

「浅野さん、すっかりいいんですか？」

「当人はそう言ってるけど、怪しいわね」

と、真知子はコーヒーが来ると一口飲んで息をついた。「大分シナリオをいじったから、浅野さんの出番が減ってる。まだそれを知らないんじゃない？」

知ったら怒るだろう、と見当がつく。

「少しは休めた？」

と、真知子に訊かれて、

「はい。すみませんでした」

父を入院させた昨夜の出来事を手短かに話すと、真知子は苦笑して、

「若いのに苦労性にできてるわね」

と言った。「あなた、きっと出来の悪い男と結婚するわよ」

「やめて下さい。希望が持てなくなりますよ、人生に」

彩乃のケータイが鳴った。「――すみません。――はい。――そうです。父に何か……」

聞いている内、彩乃はくたびれた表情になった。

「そうですか。――分りました。夜になると思いますが、行きます」

真知子は彩乃の様子を見ていて、

「どうしたの？　お父さんの容態でも？」

「いえ、それが……」

と、彩乃はため息をついて、「父の病室に見舞に来てた、山田安奈って、父の彼女が急に産気づいて」

「あら」

「さっき女の子を産んだそうです。仕事帰りに病院へ寄ります」

「その人、入院費用は持ってるの？」

「そこまで聞いてませんけど……。父も入院してるわけですし……」

自分で言いながら、気が重くなって来た。「私が払わなきゃいけないんですかね？」

真知子は思わず笑って、

「言ったでしょ、あなたは苦労性だって」

「ああ、もう……。私、どこかで借金しないと」

「主人に言っとくわよ。都合させるわ」

「でも、そんな図々《ずうずう》しいこと……」

と言ったものの、そうでもしなければ、とても父と山田安奈のことを助けられないと分っていた。

「あら、ベテラン役者さんだわ」

と、真知子が言った。

店に、浅野昌治が入って来たのだ。

店の中を見回して、真知子を見付けると、

「——いいか、座って？」

「どうぞ。スタジオは？」

「いかにして俺を除《の》け者《もの》にするか相談中だ。おい、コーヒー！」

「ご機嫌斜めですね」

「当り前だ。——まあ、迷惑かけたことは申し訳ないと思ってる。君も倒れたって？」

「少々過労でね。団地のロケが増えて」

「聞いたよ。いい団地が見付かったって？」

「この子が見付けてくれたんですよ」

真知子が彩乃を指して言った。「それとね、たまたまその団地に、昔メイクだった、須山圭子さんがいたんです」

浅野は眉《まゆ》を寄せて、

「誰だって？」

「須山圭子。——憶《おぼ》えてません？」

浅野はちょっと首をかしげた。

「男の人は、女ほどメイクの人と親しくならないですものね」

と、真知子は言った。

「待て。——圭子か。いや、何となく憶えてる。そういう姓だったかな」

と、浅野は言った。「会えば思い出すだろう」

「またロケがありますよ、その団地で」

と、真知子は言った。

「シナリオが大分変ったらしいな」

「あなたがどうなるか分らなかったからですよ」

真知子ははっきりものを言う。

「まあ、確かにな」

浅野はそう怒っているという様子ではなかった。

そして、彩乃の方へ、

「君も、なかなかカメラ映りがいいじゃないか」

と言った。

「は？」

彩乃は面食らった。「何のお話ですか？」

「大津が言ってたぞ。スターになれるかもしれんと」

「私、付人ですよ」

「分ってる。しかし、どこかで出たんだろ？」

「ああ……。スーパーの客で。ちょっと真知子さんとすれ違っただけですけど」

「一瞬でも、光るものを持ってる人間は強いのさ」

「冗談ですよ、大津さんの」

と、彩乃は苦笑した。「それより——浅野さん、もしかしてお怪我《けが》じゃなかったんですか？」

浅野はキョトンとして、

「——何だって？」

「いえ、怪我から回復された人って感じじゃないので」

と、彩乃は言って、「すみません！　余計なこと言って」

と、あわてて謝った。

「いや……。そう見えるか」

「すみません。腰を悪くされていたと伺ってたんですけど、自然に歩いておられて」

真知子が声を上げて笑った。

「この子の目はごまかせませんよ」

「全くだな」

と、浅野は苦笑して、「しかし、腰を痛めてたのは本当だぞ」

「でも、転んで、じゃないんですよね」

「まあ……似たようなもんだ」

「若い女の子のお相手で、頑張り過ぎたのよ」

と、真知子が彩乃に言った。

「はあ……」

「いや、そう若くない。もう四十だ」

「女優さんでね。ご主人のいる人なの」

「真知子さん、ご存知だったんですか？」

「プロデューサーやディレクター、主なスタッフは知ってるわ。ただ、マスコミは控えてるの。浅野さんを怒らせると大変だからね」

浅野は渋い顔で、

「おい、俺の印象をそう悪くさせるなよ」

と言った。

「浅野さん、この子はだめですよ」

「俺は何も――」

と言いかけて、「君、いくつだ？」

「は？　年齢《とし》ですか？　十九です」

「十代か！　――じゃ、諦《あきら》めよう」

彩乃は、七十に近いこのスターが、今でも若い女の子に関心を持っているのを知って、ほとんど感動した……。

20　再び団地

母親のそばで、赤ん坊はスヤスヤと眠っていた。

彩乃がそっと覗《のぞ》き込むと、赤ん坊は小さく欠伸《あくび》をした。その拍子に鼻にちょっとしわができて、彩乃は思わずふき出しそうになってしまった。

その気配で、母親——山田安奈が目を覚ましたようだった。

半分眠っている、という様子だったのが、目を開いて、

「あ……。彩乃さん……」

と、少しかすれた声で言った。

「お疲れ様。大丈夫ですか？」

「ええ……。突然だったので」

安奈は赤ん坊を見て、「本当だったんだ。夢じゃなかったんだ、って何度も確かめています」

「女の子ですって？」

「ええ……」

彩乃は、本当なら父の愛人である安奈に何か文句を言ってやってもいいはずだが、しかし今は赤ん坊の傍で微笑《ほほえ》む母親である。

とても責める気になれなかった。

「安奈さん。父は——知ってるんですか？」

と、彩乃は訊《き》いた。

「看護師さんが伝えて下さったと思います」

「そうですか」

そのときだった。

「彩乃か」

と、声がして、振り向くと父が病室の入口に立っていた。

「お父さん。——赤ちゃん見たの？」

「いや、まだ……」

「そばで見れば？」

「風邪をうつすと大変だからな。ここから眺めてる」

「じゃあ、息を止めて、せめて安奈さんの手を握ってあげなさいよ」

彩乃の言葉に、安奈が涙ぐんだ。

「安奈……」

父、三枝勇介がやって来ると、安奈の手を握った。「——ありがとう」

「お礼なら、彩乃さんに」

「いいんです。女は女同士。出産だって、私もいつか経験するだろうし」

と、彩乃は言った。

「彩乃……。すまん」

と、頭を下げる父に、

「謝るなら、お母さんに」

と、彩乃は言った。「でも、ともかく今は早く病気を治して。中途半端《はんぱ》に仕事に出たら、また悪くなるわよ」

「ああ。——安奈。しっかり働くからな」

「ええ……」

と、安奈は肯《うなず》いて、「ね……。病院の支払い、少し待ってもらえるかしら」

「俺が頼む。お前は気にしないで休め」

「お願いね」

彩乃は、安奈の手を握って、

「じゃあ、また来ますから」

「彩乃さん……」

彩乃は父と一緒に病室を出た。

「——お父さん、今何の仕事してるの？」

「うん……。盛り場で働いてる」

「盛り場？」

「この年齢《とし》じゃ仕事が見付からない。盛り場のゴミ集めとか……」

「そんな……。誰か、仕事紹介してくれる人、いないの？」

「なかなか……。勝手に休んじまったから、今の仕事もクビだろうな。何とか探すよ。しかし、貯金もほとんどないし、ここの費用も——」

「病院のことは心配しないで」

「中原真知子さんに頼んで、借金させてもらった。仕方ないでしょ、当面は」

「お前……」

「彩乃……」

「その代り、お父さん、元気になったら、お母さんとゆっくり話し合ってね。安奈さんのことも。生まれた子供には何の責任もないんだから」

「分った。——俺が甘かったんだ。何とかなると思って……」

「会社の久保さんに相談してみたら？　仕事見付けるの、手伝ってくれるんじゃないかしら」

「ああ……。そうだな」

「私から連絡しとくよ。お父さんがここにいることも」

「頼む。——すまないな」

「本当。こんなに親孝行な娘っているかしら」

と、彩乃は言ってやった。

父に、あの団地のことを訊きたかった。父もあそこに住んでいたのだから。

しかし、肺炎になっている父と、そうゆっくり話はできない。

「また来るから」

と、彩乃は言った。「病気が治ったら、訊きたいことがあるの」

「何だ？」

「二十一年前のことよ」

「二十一年前？」

「そう。今度、ゆっくりね。思い出しといてちょうだい」

「彩乃、それはあの事件のことか」

「ええ。お母さんと出会ったときのこと。——ちょっと、わけがあるの。どうせ寝てたらすることもないでしょ。思い出しておいてね」

「それは……」

「また今度」

彩乃は父を病室へ送ってベッドに入れると、急ぎ足で病院を出た。

バスを待つ間に、久保充子へ電話を入れた。

「——まあ、お父様、入院されてるんですか」

話を聞いて、久保充子は言った。

「ええ、二人とも」

彩乃の説明を聞くと、久保充子は、

「分りました。今日帰りにお見舞に」

と言ってくれた。「彩乃さん、偉いですね」

「こうなったら、やけですもの」

と、彩乃は言った。「あ、バスが来るので。じゃ、父をよろしく」

我ながら呆《あき》れていたから、他人が呆れるのは当然だったろう……。

再び、この団地へ……。

彩乃としては、もうここは「過去」ではない。自分が係っている「現在」である。

団地でのロケの準備の間、彩乃は須山圭子の部屋を訪ねたが留守だった。大方、またあのショッピングカートを引いて、買物に出かけているのだろう。

表に立って、真知子と浅野が車で着くのを待っていると、ケータイが鳴った。

「——町田さん」

「やあ」

と、町田刑事は言った。「どうしてるかと思ってね」

「和代さんの具合はどう？」

と、彩乃は訊いた。

「うん。大分落ちついてる」

「それならいいけど……」

スタッフの声が入ったらしい。

「外かい？」

と、町田が訊いた。

「ロケ先なの」

と、彩乃は言った。

「そうか。頑張ってるね」

「まあね」

「君は――大丈夫？」

「そうね……。ちょっと殴られたくらいかしら」

「何だって？」

町田の声が一気に高くなった。

「それって――襲われたってことじゃないか！」

彩乃の話を聞いて、町田は興奮していた。「どうして僕に知らせないんだ！」

「だって、こっちも忙しくって……」

「そんなこと言ってる場合か。犯罪だぜ」

「分ってるけど」

彩乃は、何とか町田をなだめて、「充分用心してるから。ね、心配しないで」

「心配するさ！　当り前だろ」

町田は不服そうだったが、ともかく彩乃は忙しくて、そんなことに係っていられないのだ。

「時間ができたら、一度会いに行くよ」

「ええ、分ったわ」

団地へ、真知子たちが乗っているらしい車が入って来るのが見えた。

「じゃ、仕事なんで、また」

と言って、切ってしまった。

町田が心配してくれるのは嬉《うれ》しいが、三ッ橋和代のことがある。面倒なことになるのはごめんだった。

車が停って、中原真知子と浅野が降りて来た。彩乃が急いで車の方へ向うと、思いがけない人間が車から続けて降りて来た。

「——やあ」

彩乃を見て、牧田秀哉は言った。

「ロケを見に来たんですか？」

と、彩乃が訊くと、代って真知子が答えた。

「加藤プロデューサーに頼まれたの。一回だけゲスト出演」

「まあ」

「無名の新人がゲストって、おかしいよな」

と、秀哉が少し照れて言った。

無名ではない。今、牧田秀哉は若い世代にどんどん人気が出て来ているのだ。

「楽しみです」

と、彩乃は微笑んで言った。「でも、この団地に、こんな二枚目がいるって、不自然じゃないですか？」

「彩乃ちゃん」

と、真知子が苦笑して、「いつの間に、そんなにお世辞が言えるようになったの？」

ディレクターの大津が足早にやって来ると、

「待ってましたよ」

と、真知子に言って、「牧田君だね。よろしく」

「こちらこそ」

秀哉はちょっと会釈《えしゃく》して、「まだ台本もらってないんですが、何をやれば？」

「集会所へ来てくれ。用意ができてる」

彩乃は真知子のバッグを手に、ついて行った。

集会所で、秀哉は用意されていた衣裳《いしょう》に替えた。

「サイズはどう？」

と、真知子が訊く。

「うん、大丈夫だ」

その間にも、秀哉は自分のセリフを憶えるべく、シナリオの追加ページに目を通していた。

彩乃はしばらくその様子を眺めていたが、ロケ現場の7号棟がどうなっているか、見ようとして表に出た。

「——やあ、ここだったか」

声をかけて来たのは、梶谷の死について話をした、尾崎刑事だった。

「あ、どうも」

「またここでロケがあると聞いてね」

「お仕事じゃないんですか」

「仕事もある。——例の管理人だった梶谷のことだが、解剖の結果、アルコール量は多くなかったってことだ」

「やっぱり」

「ただ、それだけであれが殺人だとは言えないんでね」

「分ります」

「しかし、君はそう思ってるのか？」

「分りませんけど……」

と、彩乃は首を振って、「ただ、あなたと踏切の所で別れた後、私、殺されかけたんです」

「何だって？」

町田刑事に続いて、二人も刑事をびっくりさせるのは、ちょっとした快感だった。

「偶然なんでしょうか？」

「聞かせてくれ、詳しく」

「ちょっと待ってもらえます？　ロケ現場を見て来ないと」

「分った……」

すっかり彩乃の方が尾崎を振り回している。——そうか。「殺されそうになる」って、かなり特別なことなんだ。

彩乃は呑気《のんき》なことを考えていた。

およそこの団地に似合わないスポーツカーが、表の通りからカーブして入って来ると、7号棟の前に停った。

「こんな所に住んでるの？」

助手席に座った、派手なスタイルの女の子が、少しがっかりしたように言った。

「俺がじゃないぜ。お袋一人さ」

運転して来たのは牧田秀哉である。

車のクラクションを鳴らす。

「降りないの？」

と、女の子が言った。

「向うが降りて来るさ」

——カメラが回っていた。

突然の秀哉の出演なので、スポーツカーは大津ディレクターの車。助手席の女の子は、小さな劇団から借りて来た研究生だ。

7号棟から、真知子がエプロンをつけて出て来た。

「いつも突然やって来て……」

「な、お袋、これ、俺の彼女。名前は……何だっけ？」

「何よ、ひどいわね。一緒に寝といて」

と、女の子がすねる。

劇団で仕込まれているのだろう、なかなか達者だ。

「お前の言ってたの、これ《い》でしょ」

真知子がエプロンのポケットから取り出したのは、一組のイヤリング。

「ああ、そうそう。どうせ使わねえだろ？」

「そうだけど……。悪い品じゃないのよ。大事にしてね」

本当の母と息子が、ドラマの中で同じ役。話題作りにはなるだろう。

「へえ、きれいね！」

女の子がイヤリングを見て、喜んでいる。「この赤い石、何かしら？　――ね、付けてくれる？」

「ああ、いいよ」

秀哉がイヤリングを付けてやると、女の子は嬉しそうに、

「どう？　似合う？」

と、左右へ頭を回した。

「ああ、似合うぜ」

と、秀哉が言って、「おい、お袋、少し金くれよ」

「どうせそうだと思ったよ」

と、真知子は小さくたたんだ札を秀哉に渡した。

「よし、カット」

と、大津が声をかけた。「イヤリングのやりとり、もうちょっとテンポよくやれな

いかな。付けるのに手間取ると、テンポが狂う」

「でも、どうしてもこれぐらいは……」

「途中、飛ばすか。――じゃ、車が停った後から、もう一度」

彩乃は大津のそばに立っていたが、ふと、

「大津さん」

「うん？」

「あの女の子が、母親の方に『似合う？』って訊くの、どうでしょう？　彼氏に訊くのは当り前過ぎるような……」

「うむ。――いいね。図々しい感じも出る」

と、大津は肯いて、「よし、今のところだけど……」

何となく思い付いたことを、つい口に出してしまった。彩乃は少々後悔した。

しかし、そのせいで真知子が、

「なかなか似合うわよ」

と、つまらなそうに言う場面ができて、ユーモラスになった。

二度、テストをくり返して、本番。

本番は一度でＯＫになり、

「はい、お疲れさん」

と、大津は、秀哉の恋人役の女の子に声をかけた。

この子の出番はこれだけだ。

「ありがとうございました」

「良かったよ。また何かあったら頼む」

「はい、ぜひ」

女の子はイヤリングを外すと、「これ、どなたに……」

「あ、私、預かっておきます」

そばにいた彩乃が受け取る。

「――すみません」

と、彩乃は小道具の係の男に声をかけ、「このイヤリング、どこで見付けたんですか？」

と訊いた。

しかし、チラッと見て、

「さあ、知らねえよ。俺じゃない」

「そうですか……」

しかし、使った後は、誰かに返さなければならない。——彩乃は、〈302〉に上って行くと、中で着替えていた真知子へ、

「真知子さん、このイヤリングは誰のですか？」

と訊いた。

「え？——ああ、誰のかしらね」

と、大して気にしていない様子。

「誰が真知子さんに渡したんですか？」

「ええと……。あ、大津さんがね」

「ディレクターが？」

「ここで打合せてたの。秀哉の出る場面のことだから。車も貸してもらったでしょ」

「じゃ、これは大津さんのですか？　お返ししなきゃいけないので」

「どうかしら。ただ、『これを使って』って渡されただけ」

「ありがとうございます。大津さんに訊いてみます」

彩乃は〈302〉を出て、大津を見付けた。

「大津さん」

「やあ、さっきはいいアイデアだったよ。さすがに役者だね」

今は「元」です、と訂正することもせず、

「使ったイヤリングなんですけど……」

「あ、それ……」

「大津さんのですか」

「うん、まあ……」

と、妙に口ごもっている。

「お返ししときますね」

「いや、君、持っててくれ」

「——は？」

大津はちょっと咳払《せきばら》いして、

「どうせ君にあげようと思って持って来たんだ」

「大津さん——」

「君がよくやってくれるから、ほんの心ばかりのプレゼントだ。いいだろ？」

大津は照れたように言って、さっさと行ってしまった。

「でも……」

彩乃は呆気《あっけ》に取られて見送っていた……。

21　母の旅

帰宅は大分遅くなったが、それでも十一時前だった。

「お帰り。ご飯は？」

と、佑香が訊く。

「うん、食べる」

「じゃ、すぐ温めるわね」

佑香は嬉しそうだ。

――食事しながら、彩乃は今日のロケのことを母に話した。

「まあ、またあそこで？　ふしぎな縁ね」

と、佑香は言った。「――もう一杯、食べる？」

「うん、軽くよそって」

と、彩乃は茶碗《ちゃわん》を出した。

茶碗を受け取って、佑香は何かぼんやりと考えている様子だった。

「お母さん」

「うん？」

「ご飯、よそってよ」

「あ、そうだったわね」

佑香は笑った。

「――はい」

「やだ、お母さん、軽くって言ったじゃないの」

ご飯は茶碗に山盛りになっていた。

「あら、そうだっけ？　いいじゃない。よそったんだから、食べてよ」

「もう……。太っちゃう」

と言いつつ、ご飯を結局お茶漬にして食べてしまった。

――片付けを手伝って、彩乃はコーヒーを淹《い》れて、母と二人で飲んだ。

「彩乃、悪いわねえ、あんた一人に苦労させて」

と、コーヒーを半分ほど飲んで、佑香が言った。

「何なの、いきなり」

「お父さんは……」

と、佑香は言いかけて、「あのね、今日、久保さんからお電話が」

「え？」

「会社の方」

「ええ、分ってる」

「仕事を探してるらしいわね、お父さん」

久保充子がどこまで話したのか、彩乃には知りようがなかった。

「お父さん入院したらしいわ」

と、佑香は言った。「無理よね、あの年齢《とし》で、新しい生活始めようなんて」

「放っとくしかないよ」

「そうね……」

佑香は少し間を置いて、「ね、彩乃」

「なあに？」

「私も、あの団地に行ってみようかしら」

「え？」

彩乃はびっくりした。「でも……体に悪いんじゃない？」

「大丈夫よ」

と、佑香は微笑んで、「もう、二十年も前のことだわ。私だって、あのころの心細い娘じゃない。いい年齢をした女よ」

「それならいいけど」

「あんたも一緒に行ってくれる?」

「もちろんよ。でも、しばらく休みは取れないかもしれないわ。少し先になるけど、それでもいい?」

と、彩乃は言ったが、すぐに、「じゃあ、明日、一緒に行かない? 明日もあそこでロケがあるわ。ずっとお母さんのそばにいてあげられないけど、本番の合間には時間があるし……」

「じゃ、そうしましょう」

佑香は少しもためらわずに言った。「中原真知子さんもおられるのね」

「もちろんよ。だから私が行くんだもの」

「じゃあ、サインでもしていただこうかしら」

佑香がどこまで本気か、彩乃にもよく分らなかった……。

「母です」

と、彩乃は加藤と大津に佑香を紹介した。

「いつも娘がお世話になっております」

と、佑香がていねいに頭を下げた。

「これはどうも」

と、プロデューサーの加藤が言った。「いや、彩乃さんはとてもよく働いてくれます。な、大津君」

「全くです。さあ、どうぞ」

ロケバスに佑香たちも乗り込んだ。

加藤と大津は別の車。もちろん、真知子や浅野はその車である。

しかし、ロケバスの方がにぎやかで、気が楽だった。

バスが動き出す。佑香は珍しげに表を眺めていた。

「そういえば、あなたのお宅は……」

と、スタッフの一人が言った。

「ええ、ロケしてる部屋です」

と、彩乃は母の代りに答えた。

大丈夫だろうと思っていても、万一、母の気分が悪くなったりしたら、と不安は残っていたのである。

しかし佑香は穏やかに微笑んで、

「とても懐《なつか》しいですわ」

と言った。

しばらく走って、団地に近付いてくると、佑香は右左へ忙しく目をやって、

「ああ……。そうだったわ……」

と呟《つぶや》いた。

「今日も、牧田秀哉は来るのかな」

と、誰かが言った。

「一日だけじゃなかったんですか？」

と、彩乃は言った。

「それが、もうワンカットあるんで、もう一日ってことになったらしいよ」

「そうですか」

佑香が、

「何のお話？」

と訊く。

彩乃が、真知子の息子の話をすると、

「まあ、そうなの。やっぱり親子なのね」

と、佑香が肯いた。

やがて団地が見えてくる。

「まあ……」

と、佑香がじっと外を眺めて、「そう、こんな風だったわ。少しも変ってない」

と言った。

「お母さん。——ほら、そこが団地」

ロケバスは、団地の中へと入って行った。

バスが停る。真知子たちの乗った車は先に着いていた。

「降りよう」

と、彩乃が促す。「大丈夫？」

「ええ」

佑香はしっかり肯いて立ち上った。

そして、バスを降りると、周囲を見渡した。

「憶《おぼ》えてる？」

と、彩乃が訊くと、

「ええ。――でも、こんなに寂しい所だったかしら。人がいないじゃないの」

「住人が減ってるのよ」

「ああ……。ここね」

と、7号棟を見上げる。

「ここはもう一戸も住んでないの」

「まあ、そうなの？　あのころは一戸も空きなんてなかったのに……」

「あの部屋よ」

と、彩乃は〈302〉の窓を指した。

「ああ……。そうだったわ。今、そこで撮影してるのね。やっぱりふしぎな縁ね」

「お母さん……部屋に行く？」

と、彩乃は訊いた。

「もちろんよ。そのために来たんですもの」

真知子たちは集会所に行っている。

「じゃ、今の内に……」

「ええ。行きましょう」

佑香の方が先に立って階段を上って行く。

「お掃除してないのね」

と、埃《ほこり》のたまった階段に眉《まゆ》をひそめて、「あのころは当番を決めてお掃除したわ。階段と廊下を」

「これでも、一応ＡＤさんがきれいにしてるのよ」

「古くなってるわね、何もかも」

三階へ上って、佑香は息をつくと、ごく自然に〈３０２〉の方へと曲って行く。

ドアが少し開いていた。

「中で、もう準備してるから」

と、彩乃は言った。

佑香は足を止めていた。

「お母さん？」

「――ドアが少し開いてた」

「え？」

「あのとき。思い出したわ。ドアは少し開いてた」

「そう……」

「でも、私がまた外へ出て……男の人と出会って……」

「お父さんね？」

「ええ、そう。それで二人で戻ったとき、ドアは閉ってた」

佑香の目は、「過去」を見つめていた。

「出てったとき、閉めたの？」

「いいえ。閉めなかったと思うわ。そう、今思い出した。よろけてて、ドアのことなんか考えもしなかった」

どうしてか、二十一年もたった今、当時のことがくっきりとよみがえってくるようだった。

「——入ってもいいの？」

と、佑香は言った。

「うん」

佑香は、さすがに少し緊張した様子で、玄関へと入って行った。

中では数人のスタッフが立ち働いている。

佑香は正面のリビングへと入った。

ここが現場だったのだ。

彩乃は思わず息を呑《の》んで、母の様子を見つめていた。

佑香は、特別なショックもないようで、ゆっくりとリビングの中を歩いた。

「やあ、彩乃ちゃん」

親しいADが、彩乃を見付けて、「何か用事かい？」

「いいえ、母について来たの」

「お母さん？　あ、こりゃどうも」

「娘がお世話に」

と、佑香は会釈した。

ADはゆっくり話している暇もなく、忙しく出入りしている。

「お母さん……」

「この辺だったわ」

と、佑香が足を止め、じっと床を見下ろしている。

「おばあちゃんが倒れてたのが……」

「ええ」

「誰がやったんだろうね、そんなひどいこと」

佑香は何も言わず、他の部屋を見て回った。

彩乃はリビングに立っていた。

「やあ」

と、声がして、牧田秀哉がやって来たところだった。

「あ……。今日も大丈夫なんですか？」

「うん。本当は休みなんだけど」

「じゃあ、大津さんの注文で？」

「それもある」

「他にも？」

「僕も来たかった。君に会いにね」

「まあ」

彩乃が当惑していると、

「お母さんはどこかな？」

とやって来たのは浅野だった。

「母は今、中を見て回っています」

「久しぶりだろうね」

「ええ、二十年くらい……」

「二十年か。二十年前は、僕も若かった」

と、浅野は言った。

「今でもお若いですよ」

「おや、嬉しいことを言ってくれるね」

と、浅野は笑った。

佑香がリビングの方へ戻って来ると、

「ずいぶん狭い所で暮してたのね。あら……」

浅野に気付いて、ちょっと目を見開く。

母がロケバスに乗るときには、浅野はもう大津たちの車の中にいたのだ。

「お母さん、浅野昌治さん」

「もちろん分るわよ。ファンでした、女学生のころ」

「それはどうも。今は忘れられてしまいましたか？」

「いいえ」

と、佑香は微笑んで、「でも、ファンっていうのとは少し違うかもしれません。浅野さんのように年齢《とし》を取れたら、と思っていますわ」

「いや、こういうだらしない年寄になってはいけませんよ」

彩乃は、浅野が母にずいぶん親しげにしているので驚いた。

そこへ、

「ごめんなさい」

と、声がして、入って来たのは須山圭子だった。

「あ、どうも。お母さん、色々お世話になってる須山圭子さん」

「おみえと聞いて。――まあ、ここにいらした、若い娘さんなのね」

と、圭子は言った。「私のこと、憶えてらっしゃる？」

「あ……。何となく……。9号棟の方では？」

「ええ。9号棟の〈106〉」

「そうでしたね。ゴミ出しのことで、母が何度かお宅に伺って……」

「そうでした。――あれ以来かしら、ここへ……」

「ええ、そうなんです」

「ずいぶん変ったでしょ、この団地も」

「そうですね。人が少なくなって」

「そうなのよ。みんな年寄ばっかりで。――後で、よかったら中を案内するわ」

「ありがとうございます」

浅野が佑香へ、

「大女優が会いたがってましたよ」

と言った。「集会所へ行きましょう」

「私も真知子さんの仕度があるわ」

と、彩乃は言った。

みんなで7号棟を出ると、

「じゃ、私はまた買物があるから」

と、圭子は別れて行った。

集会所へと向いながら、

「あの女性は、元は撮影所のヘアメイクだった」

と、浅野は言って、「あなたはよく知ってましたか？」

と、佑香に訊いた。

「いいえ。母は知っていたと思いますが……」

と、佑香は言った。「浅野さんはあの方をご存知だったんですか？」

「よく知っていたというわけではないが」

と、浅野は言った。「女優さんほどは、ヘアメイクの人と親しくなることがないのでね」

「ああ、なるほど」

と、彩乃が肯いて、「それはそうですね。女優さんは、メイクさんと仲良くなる人が多いようですね」

「毎日、必ず最初に会う相手だしね」

と、浅野は言った。「それに気楽なんだろう。役者同士だと、どんなに仲がいいと言ってもライバルだから」

「大変な世界ですね」

と、牧田秀哉が言った。「僕なんか、まだその辺のことはよく分りませんが」

「二十年前にも、彼女はこの団地にいたんだな……」

と、浅野は呟くように言った。

「浅野さん」

彩乃は何だか気になって、「須山圭子さんのことで、何か……」

「いや、はっきりした記憶がないのだがね」

と、浅野は首を振って、「うん、確か、あの女性が係って、何かトラブルがあったような気がする」

「須山さんがトラブルに？」

「巻き込まれただけだったのか……。私の記憶がはっきりしない」

浅野がそこまで話したところで、彩乃たちは集会所に着いた。

22　埋れた時

「娘がいつもお世話に……」

と、佑香が頭を下げて、

「いいえ、こっちこそ、彩乃ちゃんをこき使って……」

と、中原真知子が応《こた》える。

スタッフが準備している間、役者たちは集会所で待機していた。

メイク係の女性が真知子の髪を少し直して、

「外、風があるので、また現場で」

と言った。

「女優さんは大変ですね」

と、佑香が言った。

「ええ。でも、今はねえ……。ＴＶのカメラが良くなって、メイクでごまかすなんてこと、できないんですよ」

と、真知子は言った。「秀哉、ちゃんとひげを剃《そ》って来た？」

「大丈夫だよ」

と、秀哉が面倒くさそうに返事をする。

「本当に」

と、真知子が苦笑して、「彩乃ちゃんと同じ十九なのに、息子はちっとも大人になってなくて」

「とんでもない。もうスターじゃないですか」

と、彩乃が言うと、

「スターってのは、重い責任があるの。舞い上ってるだけじゃいけない。足がちゃんと地についてないとね」

と、真知子が言った。

「分ってるよ」

と、秀哉は欠伸《あくび》をした。

「なあ、真知子さん」

と、浅野が言った。「憶えてないか？　もうずいぶん前になるが、撮影所で指環《ゆびわ》やイヤリングが盗まれたって騒ぎがあったのを」

「指環やイヤリング？」

「そうだ。誰だったか……。そう、たぶん奈良《なら》美江《よしえ》だったと思う」

「美江さん？——ああ、そういえば」

と、真知子は肯《うなず》いて、「よく憶えてるわね！　もう二十年くらい前じゃない？」

「うん。それぐらい前だと思う」

「そうね。そんなことがあったわね」

「奈良美江は、当時売り出し中のスターだった」

と、浅野が言った。

「名前は憶えています」

と、佑香が言った。「でも、その後——」

「ええ、アメリカ人の金持と結婚して、さっさと引退しちゃったのよ」

と、真知子が言った。

「映画会社の重役がカンカンになって怒ってたな」

と、浅野が笑って、「そりゃあ、売り出すのに大金かけたんだ。それがパーだからな」

「その後はさっぱり聞かないわね。アメリカに行っちゃったのよね」

「確かそうだ。ま、今ごろきっと別人のように太ってるさ」

「でも、それがどうかしたの？」

「あのとき撮影所で、高価な宝石の付いた奈良美江の指環とイヤリング――他にも宝石類があったと思うが、休憩時間に盗まれたと言って、美江が大騒ぎした」

「そうだったわね」

「あのとき、メイク係に、あの須山圭子がいただろう」

「そうだった？」

「何しろ大騒ぎになったが、警察沙汰《ざた》にしたら、撮影に支障が出る。それで、助監督や僕が、撮影所にいたスタッフ、キャストの持物を調べることになったんだ」

「それで？」

と、彩乃が訊《き》いた。「見付かったんですか？」

「いや、結局出て来なかった」

と、浅野は首を振って、「映画会社がその分の金を払って、美江を納得させたんだ」

「そのとき、須山さんが？」

「うん、僕が彼女の持物を調べたんで、憶えてるんだ」

「でも、結局、持ってなかったんでしょ？」

「そうだ」

「じゃあ……」

「うん、もちろんどうってことじゃない。ただ、あの人をどうして憶えてたのか、考えてたんだ」

「――さあ、そろそろだ」

と、大津が言った。

〈３０２〉での撮影は意外に手間取った。

部屋に入る光の感じが、大津の気に入らなかったのである。

狭い部屋の中にライトを置いて補わなければならなかった。

「真知子さん、一旦《いったん》出られますか？」

と、彩乃は訊いたが、

「また髪がバラバラになっちゃうわ。ここにいる」

と、真知子は言った。「熱いお茶を持って来てくれる？」

「分りました」

彩乃は〈３０２〉を出て、急いで階段を下りて行った。

佑香は、

「お邪魔になっちゃいけないから」

と、集会所に残っていた。

もしかすると、撮影は夜までかかるかもしれない。どうしよう？

考えながら外へ出ると、

「やあ」

と、声がして、足を止めた。

「――町田さん」

町田刑事が立っていたのである。

「突然ごめんよ」

「どうしたの？」

「どうしたの、じゃないよ。殴られたって聞いて、放っとけないじゃないか」

と、町田は怒ったように言った。

「ああ……。そのことね」

「何か憶えてることは？　ちゃんと届けたのかい、警察に」

「だって忙しいのよ」

「それどころじゃないだろ」

町田の気持はよく分ったが、

「あの——ちょっと待っててね。今、お茶を取ってくるから」

「僕はお茶なんかいらない」

彩乃は、つい笑って、

「あなたのじゃないの。真知子さんの」

「あ、そうか。——ともかく、この辺にいるよ」

「一緒に来て。そこの集会所に母がいるから」

「お母さん？」

「ええ。撮影にきりがつくまで、そこで待っててくれる？」

「分った」

町田は仏頂面《ぶっちょうづら》で、渋々彩乃について来た。

集会所に入ると、母が須山圭子としゃべっていた。

「あら、どうしたの？」

「お母さん、少し遅くなりそうよ。どうする？」

「私はいいけど……」

「じゃあ、もし夕食まで延びるようなら、また知らせに来るから」

と、彩乃は言って、「あ、それと——こちら、町田さん。刑事さんなの」

「どうも」

町田は一礼して、「彩乃さんとお付合している町田です」

「ちょっと！　お付合じゃないでしょ。ただの知り合い！」

と、彩乃はあわてて訂正すると、「真知子さんにお茶、持ってかないと」

と、急いで仕度にかかった。

ポットのお湯を一旦沸かして、少し冷まし、お茶を淹《い》れる。真知子は、そういう手間をかけることが好きだ。

「——最近のこの団地のことを伺ってたの」

と、佑香が言った。

「一番の事件はこのロケよね」

と、須山圭子は言った。

「じゃ、私、ちょっと……」

と、彩乃が集会所から出ようとすると、

「失礼……」

と、誰かが声をかけて入って来た。「こちらに三枝彩乃さんは……」

「あ、尾崎さん」

彩乃は面食らって、「どうしたんですか？」

「いや、君が危い目にあったと聞いて、じっとしてられなくてね」

彩乃は町田が険しい目で尾崎刑事をにらんでいるのに気付いた。

「あ、同業の方よ」

と、彩乃は町田へ言った。「尾崎さんって刑事さんなの」

「はあ……。どうも。N署の町田です」

「K署の尾崎です」

と、挨拶《あいさつ》したものの、二人とも黙ってしまった。

「じゃ、私、真知子さんの所に。尾崎さん、上ってて下さい」

彩乃は急いで集会所から「逃げ出した」のだった……。

「へえ」

と、牧田秀哉が彩乃をまじまじと眺めて、「君、刑事にもてるんだ」

「もてませんよ」

と、彩乃は顔をしかめて、「もてたくもないし……」

町田には、三ツ橋和代がいる。町田が彩乃の身を心配して、こんな所までやって来たと知ったら、またどう思われるか……。

「──はい、本番です！」

と、ＡＤが声を上げる。

特にロケの場合、色々予想外のこともあって、準備に時間がかかる。

「牧田君」

と、大津が言った。「ここはセリフないけど、リアクションだけ撮るからね」

「分りました」

と、秀哉は肯いた。「どんな感じで……」

「ハッとして、振り向く。そこに真知子さんがいる感じでね」

「はい」

「私、そこにいるわよ」

と、真知子はカメラには入らないが、秀哉の振り向く辺りに立った。「この方がやりやすいでしょ」

やはり、真知子も息子には力になりたいと思っているのだ。見ていて、つい微笑《ほほえ》んでしまう彩乃だった。

――その後、撮影は順調に進み、この分なら夜まではかからないだろうと思われた。

カメラのポジションを変えるところで、彩乃は母に話しに行こうと、7号棟を出た。

「あ……。もう暗くなりかけてる」

ライトのある室内ではよく分らなかったのだが、今は日が短くなっているのだ。

集会所へ入ってみると、町田が一人でお茶を飲んでいた。

「町田さん、母はどこかに？」

「ああ、須山さんね」

「あの女の人と、散歩してくるって」

「その人の部屋に行ってるかもしれないと言ってくれってさ」

「ありがとう。行ってみるわ」

「君、三ッ橋和代のことも、お母さんに話したのか」

「え？」

「いや、お母さんから言われたんだ。『娘を厄介なことに巻き込まないで下さいね』って」

「ああ……。私が話したんじゃないわ。有山さんが電話して来たのよ、母の所へ」

「有山さんが？　――そうだったのか」

町田は少し安堵《あんど》したように、「君がしゃべったのかと思って……」

「そんなこと、母にいちいち言わないわ。心配かけるだけだし」

と、彩乃は言った。「和代さんはどうなの？」

「見舞に行ってないんだ、このところ」

「どうして？」

「僕の顔を見ると、『私が入院してて動けないから、自由にあの女に会えるわね』って嫌味を言うんでね」

町田の気持も分るが、和代としては不安なのだろう。

「でも、ちゃんと見舞に行って。私がまた恨まれるわ」

「うん、まあ……。時間があったらね」

「そんなこと言ってないで！」

と、彩乃は言った。「私も行きたいけど、怒らせるだけでしょ」

「何なら、今から一緒に――」

「まだ終らないの。町田さん、忙しいんでしょ。私は母と帰るから……」

町田はまたふくれっつらになったので、彩乃はあわてて、

「また現場に戻らなきゃ」

と言って、集会所を出た。

「ああ……。やれやれだわ」

そういえば、尾崎刑事がいなかったが、もう帰ったのだろうか？

彩乃はちょっとためらったが、母にひと声かけておこうと、須山圭子の部屋のある9号棟へと向った。

暗くなって、センサーが働き、街灯が点《つ》いた。

その下に人の姿があって、彩乃はギョッとした。——尾崎だ。

「何してるんですか？」

と、彩乃は声をかけた。

尾崎は街灯を見上げて、

「一応自動的に点くんだな」

と言った。

そして、彩乃を見ると、

「お袋さんを捜してるのか？」

「須山さんの所にいるらしいんで」

「じゃ、一緒に行こう」

と、尾崎は促した。

彩乃は何だか妙な気がしたが、須山圭子のいる9号棟はちょうど見えている所で、

「あそこの〈１０６〉です」

と言うと、「ちょっと声をかけてくるだけなんで」

と、小走りに9号棟へと向った。

〈１０６〉のチャイムを鳴らすと、

「はい」

と、返事があって、少ししてドアが開いた。

「あら、彩乃さん」

と、圭子が顔を出した。

「すみません、母がお邪魔してると聞いて……」

と、彩乃が言うと、圭子がふしぎそうに、

「お母さん？　ええ、ここに上ってお茶飲んで行かれたけど……」

「いないんですか？」

「もう戻られたわよ、集会所の方に」

「え？」

彩乃はそっちから来ているのだ。「今、集会所から来たんですけど……。いませんでした」

「あら、おかしいわね」

「母が出たの、いつごろですか？」

「団地の中をあちこち散歩して、ここへ上って……。そうね、もう三十分ぐらいたったんじゃないかしら」

三十分……。母も子供ではない。迷子になるわけもあるまいが。

「分りました。すみません、捜してみます。団地の中をぶらぶらしてるのかもしれませんし」

と、彩乃が言うと、

「待ちなさい」

尾崎が、彩乃の後ろから声をかけた。

「あら、刑事さんね」

と、圭子が言った。「どうかしました？」

「君のお母さんはここにいる」

と、尾崎は言った。

「え？」

「俺は、この女と君のお母さんが二人で歩いてるのを、ずっと離れて見ていた。お母さんはここへ入った。それきり出て来ていない」

「何を言ってるの？」

と、圭子が眉《まゆ》をひそめて、「妙な言いがかりを――」

「俺はあそこの街灯の所で、ずっと立っていた。この部屋のドアが見えている。君のお母さんはここへ入ったきり、出て来ていない」

「尾崎さん……」

「中を捜そう」

尾崎が部屋へ上る。圭子は、

「何ですか！　勝手に人の部屋へ――」

と、声を上げたが、尾崎は構わず、押入れや戸棚を次々に開けて行った。

「後は風呂場《ふろば》か」

尾崎は浴室のドアを開けた。そして、浴槽のふたを外した。

「――お母さん！」

彩乃は、佑香が浴槽の中にうずくまるように入っているのを見て息を呑んだ。

「待て」

尾崎が佑香を抱え上げて浴槽から出すと、

「――大丈夫。気を失ってるだけだ」

と、手首の脈をとって言った。「薬で眠らされただけだろう」

「お母さん……。どうして……」

彩乃は、佑香を抱きしめた。

尾崎は浴室を出て、

「――逃げたな」

と言った。「救急車を呼んだ方がいい」

「はい！」

「お母さんを畳に寝かせる。一一九番しなさい」

「はい、どうも……」

動揺していた。何とか一一九番して、救急車を呼ぶと、膝《ひざ》が震えて立っていられなくなってしまった。

「あの女が、刑事が二人も来たせいか、妙にそわそわしていてね。お母さんを連れ出すときも、こっちを気にしてた。それで何となく気になって、後をついて行ったんだ」

「助かりました！」

「梶谷が死んだこととも係ってるかもしれないな。あの町田って刑事に連絡できるか？」

「ええ、ケータイで」

「ここへ来てもらえ。あの女を捜す手配をした方がいい」

「分りました」

彩乃は町田のケータイへかけた。

町田はアッという間に飛んで来た。

「大丈夫か！」

「母が……。外で救急車を待ってます、私」

「分った。しかし、あの女が、どうして？」

「ともかく見付けることだ」

と、尾崎が言った。

彩乃はよろめく足で、外へ出た。

須山圭子が、なぜ母を？

もし尾崎が気にしていてくれなかったら、と思うとゾッとした。

救急車を待つ間、彩乃は真知子へ電話を入れた。話を聞いて、真知子もびっくりして、

「あの人が？　まあ！　今、9号棟の前？　待って。秀哉を行かせるから！」

「あ、でも……」

すぐに、秀哉が走って来るのが目に入った。

「──ごめんなさい。撮影は？」

「もう僕のカットは終った。お母さんは？」

「今、救急車を呼んで……」

秀哉がいきなり彩乃を抱きしめた。

彩乃は面食らったが、やがて何ともいえない安堵感が広がった。

遠くから、救急車のサイレンが聞こえて来た。

23 隠された時

病院の廊下で、彩乃は、半ば呆然《ぼうぜん》として座っていた。

母のことは、もちろん心配だったが、医者からも、

「薬のせいで眠っているだけだから、大丈夫だよ」

と言われている。

なぜ……。なぜ、須山圭子があんなことをしたのか。

「——どうだね」

と、声がした。

「浅野さん……」

浅野と真知子がやって来たのだ。

「真知子さん、すみません」

「いいのよ。そんなことより、お母さんはどう？」

彩乃の説明に、真知子もホッとした様子だったが、

「僕があんなことを話したせいだろうか」

と、浅野が言った。「耳に入ったのかもしれないな」

「須山さんが盗んだんですね、きっと。そして祖母を殺したのも……」

彩乃としても、そうでなかったら、須山圭子が母にあんなことをしないだろうと分っている。

「でも、なぜ、今になって……」

「最近誰か死んだそうじゃないか」

と、浅野が言った。

「ええ、管理事務所の梶谷って人が」

「そのことも係りがあるんじゃないか？」

尾崎刑事もそう言っていた。

「――そうですね」

と、彩乃は言った。「もともと、祖母の事件も、宝石が盗まれた事件も、もうとっくに過去のことになってたんですね。そこへ私がのこのこやって来て……。しかも、ロケの場所に、たまたまなったせいで、浅野さんが団地へやって来た……」

須山圭子にとっては、とっくに忘れていたはずの出来事がよみがえってくる思いだったかもしれない。

「私のせい……。そうなんだ。私のせいだったかもしれませんね」

自分に向って言うように呟《つぶや》いた。

そのとき、エレベーターの扉が開いて、町田と尾崎が降りて来た。

「――どうなりました？」

と、彩乃は訊いた。

「まだ見付からない」

と、町田が言った。「お母さんは？」

「まだ眠ってますけど、大丈夫です」

と、彩乃は言って、「尾崎さん、本当にありがとうございました」

「いや、たまたまあの女の様子に気付いただけだよ」

と、尾崎は控えめに言ったが、あのとき尾崎が見ていてくれなかったら、彩乃は母がどうなっているか全く知らないまま、戻ってしまっただろう。そうなったら、今ごろ母は……。

町田は、すっかりヒーローの座を奪われて仏頂面をしている。

「絶対にあの女を見付けてやるよ」

と、町田は強調した。

「あの梶谷が死んだ件も、もう一度調べる必要がありそうだな」

と、尾崎は言った。

「怖いわね」

と、真知子が首を振って、「彩乃ちゃん、明日はいいから、休みなさい。私一人で大丈夫よ」

彩乃も、さすがに素直に言ってくれた通りにすることにした。

「——私、病室で泊りますから」

と、彩乃は言って、来てくれた人たちを玄関まで見送った。

一人になると、ドッと疲れが出た。眠気がさして、母の病室へ入ったときは、少しふらつくほどだった。

病室の中のソファに横になろうとしていると、誰かがドアをノックした。

「どなた？」

と、少し用心して訊くと、

「僕だよ」

秀哉の声だ！　急いでドアを開けると、

「——どうしたの？」

「お袋に言われた。今夜一晩ついててやれ、って」

「そんなこと……いいのに」

「そうはいかないよ。お袋に叱《しか》られる」

「そうですか……」

ちょっとがっかりしている彩乃だった。

しかし、秀哉が、

「僕がずっと起きてるから、ゆっくり休んでくれ」

と言ってくれると、秀哉のことを気にしながらも、今はただ疲れていて……。

「じゃ、私、ちょっと横になりますから」

と言って、ソファに寝たら、数秒の間もなく、寝入ってしまったのだった。


何度、体をゆすられたのか。

え？　――地震でも来た？

彩乃がハッと目を覚ますと、

「しっ！」

と、秀哉が、彩乃の顔に息がかかるほど近くへ寄って、「静かに」

と囁《ささや》いた。

「何か……」

そうだ、ここは母の病室。

私はソファで眠った。そして……。

「誰かが廊下を歩いてる」

と、秀哉が言った。

「誰が？」

「おかしいんだ。ナースステーションの方でも人の声がしてない。それに、足音が看護師のものじゃない」

「じゃあ……」

時計を見ると午前三時を回っていた。病室は薄暗い。

「入院患者の名前が、部屋のドアに入ってなかった。それで捜してるんだと思う」

「でも、誰が？」

「僕が見てくる。君はここにいて」

「危いわ」

「大丈夫。――君はお母さんについてるんだよ」

「だけど……」

彩乃はためらった。

もし秀哉の身に何かあったら……。

「僕なら大丈夫。君を守るために来てるんだぜ」

そう言われると、彩乃も、

「じゃ……用心して」

としか言えなかった。

秀哉が、右手で軽く彩乃の肩を叩《たた》いて、病室からそっと出て行った。

彩乃はドアの近くで、じっと廊下の気配をうかがっていたが――。

「――彩乃？」

突然、母の声がして、飛び上るほどびっくりした。

「お母さん！　大丈夫？」

と、ベッドの方へ駆け寄る。

「私……どうしたの？　ここは？」

佑香は目を開けたものの、自分がどうなっているのか分らない様子だ。それはそうだろう。

「ここは病院。——静かに休んでるのよ。今は何も言わないで」

と、母の手を握る。

「病院？　私、また倒れたの？」

「そうじゃないの。団地で、須山圭子さんに薬を飲まされたのよ」

「須山さん？——ああ、あの団地の……。でも、どうして……」

「ともかく、お母さん、殺されるかもしれなかったのよ。でも、助かったの。今は黙って休んでて」

詳しい話をしている余裕はなかった。

再びドアの方へ近付いたとき、廊下で、

「何のご用ですか？」

という声がした。

あの声は看護師だろう。

その声に反応するように、バタバタと走る足音がした。

「おい！　待て！」

秀哉の声がした。彩乃もじっとしていられず、ドアを開けて廊下へ出た。

「どうしたんですか？」

と、彩乃は、そこに立っていた看護師に訊いた。

母を入院させるとき、あれこれ手配してくれたベテランの中年の看護師だ。

「女の人が、廊下をうろついていたんです。ちょうど急患があって、留守にしていたので……。やっと戻って来てみると、女の人が病室の一つのドアを開けようとしていて」

「で、その女の人は？」

「非常階段の方へ逃げました。男の人が追いかけて行きましたけど」

「分りました。母の意識が戻ったんです。母を見てやって下さい」

と言うと、彩乃は非常階段の方へと駆け出した。

「気を付けて下さい！」

と、看護師が声をかけてくれた。

彩乃は〈非常口〉という文字のあるドアを開けて、階段を駆け下りた。

下から聞こえる足音は秀哉のものだろう。

「秀哉さん！」

と呼びかけると、

「君は来るな！」

と、下から声がした。「戻ってろ！」

彩乃は足を止めた。秀哉の気持は嬉《うれ》しかったが、しかし——。

そのときだった。

ドアがバタンと音をたてて閉った。しかし、その音は上から聞こえて来たのだ。

上から？

彩乃はじっと動かずに、耳を澄ました。

もし、須山圭子が——おそらく、女とは彼女に違いないだろう——逃げようとして、誰もが一階へ逃げたと考えるのを、逆に上の階へ逃げたとしたら？

秀哉の足音は聞こえなくなっている。おそらく、病院の外へと追って行ったのだろう。

彩乃は、母の病室のフロアへと戻った。

あの看護師が、ナースステーションで電話に出ていた。

「——はい、分りました」

と言って電話を切ると、「どうなりました？」

と、彩乃に訊いた。

「あ……ええ、外へ追いかけて行ったみたいですけど」

「そうですか。すみませんが、今、急患の手当に手が足りなくて」

「分りました」

「若い子をここへ寄こしますから。できるだけ早く」

「はい、お願いします」

看護師は駆け出して行ってしまった。

彩乃は、母の病室へと入って行った。

「——お母さん？」

「起きてるわよ。彩乃、何があったの？」

「詳しく話してる時間がないの。今は寝ていてちょうだい」

「彩乃。危いことはやめてね」

やめてと言われても、「危いこと」の方が近付いて来るのだから、何とか防がねばならない。

彩乃は、ケータイを手にすると、町田刑事にかけた。しかし、時間が時間だ。

町田は出なかった。

彩乃は、病室の中でじっと待ってはいられなかった。

そっと病室のドアを開ける。——廊下に人影はなかった。

ナースステーションから、ナースコールの鳴るのが聞こえた。返事がない。誰もいないのだろうか。

またナースコールが、二度、三度、苛々《いらいら》と鳴った。

彩乃はナースステーションまで歩いて行くと、中を覗《のぞ》き込んだ。急患で呼ばれたままなのか、誰もいない。

彩乃にはどうすることもできないが……。

仕方ない。病室の方へ戻りかけたときだった。

ナースステーションから飛び出して来たのは須山圭子だった。物音に振り返った彩乃へと、圭子はぶつかって来た。

よけようもなく倒れる。圭子が彩乃に馬乗りになって、両手を彩乃の首へかけた。

彩乃は必死で振り離そうとしたが、圭子の両手はしっかりと彩乃の首をつかんでいた。圭子の指が食い込んで来る。

息が……息が……。

「余計なことを！」

と、圭子が汗で顔を光らせながら、震える声で言った。「あんたが余計なことをするから！」

苦しい、という感覚さえ消えかかっていた。視界が薄れて、暗くなる。

どうしたの？　明りが消えてる。明りを点けて。誰か――。

「あんたのせいで……」

と、圭子が呻《うめ》くように言うのが、はっきり聞こえていた。「あんたが悪いのよ……」

ああ……。そうだろうか。私が何もかも悪いの？　殺さないで……。

でも、母だけは。お母さんだけは殺さないで。

そのとき、ガーンと激しく耳を打つ音が響いた。――何だろう？

彩乃の首にかかった圭子の両手から、急に力が抜けた。そして、圭子は彩乃に覆《おお》いかぶさるようにぐったりと伏せた。

「息をしろ」

と、声がした。「息をするんだ！」

圭子の体が彩乃の横に転がる。彩乃はむせ返りながら息をした。

喉《のど》が笛のような音をたてた。

「そうだ。――呼吸しろ」

やっと視界がはっきりして来た。

「――尾崎さん？」

と、かすれた声を出す。

「良かった」

と、尾崎刑事は言った。「危いところだったね」

彩乃は尾崎に支えられるようにして上体を起こした。

「この人は……」

圭子は仰向《あおむ》けに倒れて、目は見開いたままだった。

彩乃は床についた手に、何かヌルッとしたものが触るのを感じた。

「――血？」

初めて、尾崎が拳銃《けんじゅう》を手にしていることに気付いた。

「仕方なかった」

尾崎は拳銃をしまうと、「後少し遅かったら……」

「死んだの？」

「ああ。――心臓に当ったろう」

廊下を駆けて来る足音がした。

「大丈夫か！」

秀哉が、彩乃を抱き起こした。

看護師が走って来る。

ああ……。もう大丈夫なんだ！

ホッとすると、

「お母さんが……」

病室へ戻ろうとすると、ドアが開いて、佑香がよろけるように出て来た。

「お母さん！」

「彩乃。何なの、今の音は？」

佑香は、廊下に倒れている圭子を見て、「――まあ」

と言ったきり、呆然と立ち尽くしていた。


どこから入って来るのか、朝の白い明るさが、病院の廊下にもじわじわと広がって来た。

廊下の一画が、キャスターの付いた衝立《ついたて》で囲われて、そこから病院には似つかわしくない人々が出入りしている。

須山圭子が尾崎刑事に射殺された現場である。未明の内に、鑑識もやって来て、写真を撮り、様々な調査をしていた。

彩乃は、病室の中を覗いて、母が眠っていることを、ときどき確かめた。

むろん、母、佑香としてもショックは大きく、鎮静剤を与えられてやっと寝入ったのだ。彩乃も疲れていたが、とても眠れる気分ではない。

「三枝さん、大丈夫？」

と、ベテランの看護師が彩乃のことを心配して、「首の傷、痛まない？」

須山圭子に危うく絞め殺されるところだったのだ。首の周りは今もヒリヒリしていたが、

「大丈夫です。ありがとうございました」

と、ていねいに言った。

今は、現場から離れたくなかった。

牧田秀哉が戻って来て、

「お袋にメールしといた」

と言った。「二、三日休んだ方がいいよ。大変な思いをしたんだから」

「いいえ」

と、彩乃は首を振って、「今日はお休みいただいてるけど、明日からはちゃんと仕事するわ。その方がいい」

「そうか。──そうかもしれないね」

と、秀哉は肯《うなず》いた。

「ずっと一緒にいてくれて、ありがとう」

と、彩乃は言った。「あなた、仕事は大丈夫なの？」

「僕はそんな売れっ子じゃないよ」

と、秀哉は微笑んだ。「あ……。でも、確か夜にTVの仕事がある」

「遅刻しないように、ちゃんと休んでね」

「うん。君も、無理するなよ」

秀哉はそう言って、彩乃の手を握った。その感触は、悪夢のようだった一夜から、彩乃を現実に引き戻してくれた。

衝立が動いて、中から尾崎刑事が出て来た。

「尾崎さん……」

「もう検証は済んだ」

と、尾崎は言って、看護師の方へ、「きれいにして下さって結構です」

「分りました」

「お騒がせしてどうも……」

「いえ、三枝さんが無事で何よりでした」

看護師は、若い看護師を呼び集めて、急いで廊下の血痕《けっこん》などを洗い落とさせた。

「――入院患者さんに訊《き》かれたら、どう答えますか？」

若い看護師が訊く。

「詳しくは話さないで。『ちょっと騒ぎがあって』ぐらいでいいわ」

「分りました」

――聞いていて、彩乃は、

「入院してると、物音や気配に凄《すご》く敏感になるって聞いたことがあります」

と言った。

「そうだな。じっと寝てるしかないわけだから……」

と、尾崎が言って、「お母さん、大事にな」

「はい。ありがとうございました」

と、彩乃は改めて礼を言った。

母と娘、二人とも尾崎に助けてもらったのだ、と彩乃は気付いた。

「尾崎さん、須山さんを射殺したことで、何か……」

「内部監察がある。人を一人殺してるんだ、仕方ないよ」

「でも、私を救うためだったんですから」

「うん、分ってる。大丈夫。上も理解してくれるさ」

尾崎は微笑んで見せて、立ち去った。

「——良かったね、無事に終って」

と、秀哉が彩乃の肩を抱いた。

「ええ……」

色々気になっていることはあったが、ともかく事件は終った。もうこれ以上何も起らないのだ。そう思うと、彩乃は急に体のあちこちが痛んで来た。

「あれ」

と、秀哉が言った。「もう一人の刑事さんじゃないか？」

町田があわてた様子で廊下を駆けて来た。

何が起ったか、メールを入れておいたのだ。目が覚めて、それを読んでびっくりしたのだろう。

「町田さん、走らないで」

と、彩乃は声をかけた。

「おい！　大丈夫か！」

と、町田は息を弾ませ、足どりをゆるめたが、ちょうど廊下を洗っていた所へ足を踏み入れて、みごとに滑って引っくり返ってしまった。

彩乃はこんなときなのに、思わずふき出してしまった。看護師たちも、みんな笑いをこらえている。

町田は顔を真赤にして立ち上ると、

「目が覚めたよ」

と言った。

――病院の朝が始まろうとしていた。

24　訪問

冬の青空が、澄んで広がっていた。

風は冷たいが、耐えられないほどではない。

――郊外にある大学のキャンパス。

都心から大分離れている分、広々として、一つ一つの棟も三、四階建くらい。そして、それぞれの棟の間も芝生があったりして余裕を持って作られていた。

日差しの下にいると、体が暖まってくる。

彩乃は手にした缶コーヒーを少しずつ飲みながら、ベンチに腰をおろしていた。

大学は今冬休みに入っていて、ほとんど学生の姿はない。——このキャンパス内で、ドラマの収録の続きが行われている。

休み期間中の大学は、ロケ場所には都合がいいのだ。よほど荒っぽいアクションシーンでもやらない限り、大学側は貸してくれる。私立なら、ある意味PRにもなる。

そろそろ十一時になろうかというところだ。

撮影は朝九時ごろから始まったのだが、お昼に都内で次のドラマの打合せがあり、真知子が出かけてしまった。

彩乃も付いて行くつもりだったが、午後の収録のための準備の方が大変だからというので、大学に残ったのである。

仕事にかかる前にひと息入れようと、自動販売機で買った、温かい缶コーヒーを手に、ベンチに座っていたのだった。

青空をまぶしく見上げる。

あの恐ろしかった夜——須山圭子に首を絞められ、殺されかけた、あの夜から、そろそろひと月たとうとしていた。

もちろん彩乃は今もあの恐怖を忘れられずにいるが、すでに世間では過去の出来事になりつつある。

人と会って、

「大変だったね、大丈夫？」

と言われることも、もうほとんどなくなった。

気になっていたのは、彩乃を救うために須山圭子を射殺した尾崎刑事のことだった。

むろん彩乃は感謝していたが、警官が人を射殺するというのは、まず滅多にないことで、「果して正当な行動だったか」を問われたのだ。

「殺す必要はなかった」

などの批判はあったようだが、彩乃も証言を求められ、結論としては尾崎の行為は不問に付され、彩乃はホッとした。

その一方で、須山圭子が死んでしまったことで、事件の真相が曖昧《あいまい》なままになったのも確かだ。二十年以上も昔のことを、今から調べてみても、何も分らずに終るだろう。

彩乃の中にも、スッキリしないものが残っていたが、仕方ない。

過去は過去。今、目の前にはこなさなくてはならない仕事が待っている……。

缶コーヒーを飲み干して、さて空缶をどこへ捨てれば、と左右を見回したとき——

ベンチのそばに、松葉《まつば》杖《づえ》を突いた三ッ橋和代が立っているのに気付いた。

「まあ……。和代さん」

と、彩乃は立ち上って、「どうしてここへ……」

「心配しないで」

と、和代は穏やかな笑顔になって、「あなたを狙《ねら》いに来たわけじゃないわ。町田さんが車で連れて来てくれたの」

「町田さんが？」

「向うで車を停めて待ってるわ」

と、和代は大学の正門の方を振り向いた。

「そうですか……」

「捨てて来たら？」

「え？」

「その空缶」

「ああ……。じゃ、ちょっと待ってて下さい。自販機の所まで行かないと——。和代さん、飲みません？」

と行きかけて彩乃は訊いた。

「そうね。温かいの、ある？　じゃ、いただくわ。カフェ・オ・レを」

「はい、すぐに」

彩乃は自販機の並んだ所へと急ぐと、空缶を屑入《くずい》れに放り込み、温かいカフェ・オ・レを買って、ベンチへ戻った。

和代はベンチに腰をかけて、松葉杖をすぐ脇《わき》に立てかけていた。

和代の表情は穏やかで、以前のような嫉妬《しっと》は感じられない。

「はい、どうぞ」

彩乃はカフェ・オ・レのふたを開けて、和代に渡した。

「ありがとう。おいくら？」

「いいですよ、こんなの」

と、彩乃は微笑《ほほえ》んで言った。

「じゃあ、ごちそうになるわ」

和代はゴクゴクと飲んで、「――おいしい。あんまり甘くなくていいわね」

と言った。

そして、彩乃を見ると、

「大変だったのね。無事で良かった」

「どうも」

「私も――あなたにずいぶんひどいこと言ったけど、許してね。父が亡《な》くなって心細かったのよ」

「分ります」

「町田さんのこと、あなたに譲るわ。考えてみたら、町田さんって、お兄さんみたいな感じなの。落ちついてみると、恋人じゃないなって……」

「譲るなんて言わないで下さい。私もまだ二十歳ですよ。本気で恋なんかするには、早過ぎます」

「あら……。じゃ、町田さんは当面二人に振られたわけか」

「いいんじゃないですか。町田さんだってまだ若いんだもの」

「そうか。――そうよね」

「そうですよ」

二人は顔を見合せて、少しして一緒に笑った。二人の間に、わずかにわだかまりが残っていたとしても、この瞬間に、それは消えて失《な》くなった。

和代は、カフェ・オ・レをゆっくりと飲みながら、

「でも、あの女の人……。須山って言ったっけ？　あの人が死んで、父のことも……」

「お父様のこと？」

「そう。——父は、あの須山圭子のこと、気にしてたの」

「どういうところをですか？」

「何て言ってたかしら……。私も、父の仕事のことは訊かないし、父もほとんど話さなかったの。ただ、あのときは……。そう。須山圭子が、あの二十年前の事件のとき、片足を引きずってる男がいたって言ってたでしょ？」

「ええ、そうです」

「それを聞いて、父が首をかしげてたの。二十年も前のことで、突然そんなことを思い出すなんておかしいって。その日のことだったかどうかも、普通ははっきりしないはずで、それを当日のことだと言ってるのを聞いたとき、その話は何かから目をそらそうとしてるのかもしれないって感じたみたい」

「じゃ、三ッ橋さんは、須山圭子のことを疑ってらしたんですか？」

「疑ってた、っていうほどじゃなかったかもしれない」

と、和代は言った。「でも、あの女の人にどこか不審なところがあるって思ったみたい」

「それは……」

と、彩乃は言いかけて、ためらった。

三ッ橋の死に奇妙なところがある、とは聞いていたのだ。しかし、他殺と判断するには決め手がなく、そのままうやむやになってしまった。

もし――もし、須山圭子が三ッ橋の死に係っていたとしたら、それは「片足を引きずった男」の話を、彩乃が三ッ橋へ伝えたせいかもしれない。

でも、もう今となっては……。

「あの女も死んじゃったわけだしね」

と、和代は言った。「ともかく、あなたが無事で良かったわ」

「和代さん……」

彩乃は、ごく自然に和代の手を握っていた……。

「――さあ」

と、和代は松葉杖を突いて立ち上ると、「お仕事があるでしょ。邪魔しないようにするわ」

「今度、またゆっくり」

「ええ、そうね。——町田さんに何か伝えることは？」

「伝えること……」

彩乃は少し考えて言った。「いい人を見付けて、ってことかしら」


「おい！　こっちだ！」

聞き憶《おぼ》えのある声がした。

彩乃に向って言われたわけではない。

工事現場で、荷物を運ぶフォークリフトが行き交っている。その一台に向って、

「そのパイプはこっちだ！」

と呼びかけているのは、間違いなく父、三枝勇介だった。

彩乃が足を止めて見ていると、やがて三枝の方で気付いて、

「彩乃！　いつ来たんだ？」

と、手を振った。

「仕事中でしょ」

「いいんだ。どうせもう昼休みになる。——おい、休みにしよう」

三枝はタオルで汗を拭《ふ》いた。

「──元気そうね」

「ああ、何とかな」

実際、父は入院していたあのころよりも、ずいぶん若返ったように見えた。

「──昼はいつもどうしてるの？」

と、彩乃は訊いた。

「安奈が弁当を作ってくれるときもある。しかし、何しろまだあやなが赤ん坊だ。無理をさせないようにしてる」

「良かったわ。元気なのね、安奈さんも」

「うん。俺も仕事に大分慣れた」

久保充子の紹介で、三枝は小さな工務店に入ったのだ。

「そこのラーメンが旨《うま》い。どうだ、一緒に」

「いいわね」

──彩乃は休みの一日、父の様子を見に来たのである。

母、佑香が気にしているからでもあった。

「──本当、おいしいわ」

と、彩乃はラーメンを食べながら言った。

「だろう？　体を動かしてるから、余計に旨い」

三枝はアッという間に汁まで残さず平らげてしまうと、ヤカンのお茶を自分で注いで、

「お前――もう大丈夫なのか」

と訊いた。

「見た通りよ」

「母さんはどうしてる？」

「最近は趣味の教室に通ったりしてるわ」

「そうか。――全く、俺はろくでなしだな」

「本当よ」

と、彩乃は笑って言った。

「――そういえば」

と、三枝は真顔になって、「お前、いつか言ってたな。二十一年前のことを思い出しておいてくれ、と」

「ああ……。あの事件の日のことね」

「お前の言ったことを、ときどき思い出して、考えてた。――この間、お前を殺そう

とした須山圭子って女が犯人なのか」

「たぶんね。でも、死んじゃったから……」

「そうだな。それでお前が助かったんだから、良かったわけだが」

「ええ」

と、彩乃は肯いた。「お父さんは、須山圭子のことを知ってた？」

「いや、サラリーマンの一人暮しだ。団地の他の住人のことはどうも……」

「そうだよね」

三枝は、お茶を飲みながら、少し考えていたが、

「あのときは、ともかく殺されてる女性の死体を見て、一方で若い女にしがみつかれて、頭に血が上って、もう何が何だか分らなかったからな」

「そうだろうね。お母さん、パトカーが来るまで、お父さんにすがりついてた、って言ってた」

「ああ。パトカーがなかなか来なくてな」

と、三枝が言った。「何しろ、都心じゃないから、サイレンが聞こえてくるまでに、ずいぶんかかった……」

と言いかけて、

「そうだ。パトカーの前に、警官が来てくれた」

「警官？」

「お巡りさんだな。あの辺をちょうど自転車で巡回していたんだ。——そういえば、忘れてたな、そんなこと」

「どこのお巡りさんだったの？」

「たぶん、駅前の交番からだろう。ずいぶん若かったよ。子供みたいだな、と思ったのを憶えてる」

「お母さんといるときに？」

「ああ。二人で表に出て、パトカーを待ってると、『どうしました？』って訊いて来た。自転車を押してやって来たんだ。ともかく、制服のお巡りさんを見て、少し安堵《あんど》したよ」

「事情を話したの？」

「もちろん。自転車をその辺に倒して、7号棟へ入って行った」

三枝はちょっと苦笑して、「じきに出て来たときは真青になってたよ」

「そうでしょうね」

「ちょうどそこへパトカーのサイレンが聞こえて来た。お巡りさんはホッとしたように駆けて行った……」

と、三枝は言った。「パトカーが来てからは、もう色々と大変で……。母さんも泣いてる余裕がなくなっていた」

彩乃は肯いた。

三枝は腕時計を見て、

「そろそろ行かないと。一時から仕事にかかろうと思うと、十分前から仕度しとかないといけないんだ」

と言った。「ゆっくりできなくてすまないな」

「いいのよ。どうしてるか見に来ただけだから」

彩乃が財布を取り出すと、

「いいんだ。ラーメンの一杯ぐらい、おごらせてくれ」

「いいの？　ごちそうさま」

彩乃は、ホッとしていた。

二人で店を出て、工事現場の方へと戻りながら、

「お父さんから聞いて良かったわ」

と、彩乃が言った。「あの事件のことは、お母さん、思い出したくないだろうしね」

「それはそうだな。しかし、面白いもんだ。話している内に他のことも思い出してくる」

「自転車のお巡りさんのこととかね」

「うん。——そうだ。名前も憶えてるぞ」

「そのお巡りさんの？」

「ああ。パトカーで駆けつけて来た刑事に、敬礼して名のってた。たまたま、そのころ俺がついてた直接の上司と同じ名前だったからな」

と、三枝は言った。「尾崎といったな、あのお巡りさんは」

街灯の下に、コートをはおった人影が浮かび上った。

少し投げやりな足取りは、酔っているのかと思えた。

足を止めると、

「——何だ」

と、尾崎は言った。「君か。——どうしたんだ？」

「突然すみません」

と、彩乃は言った。「こんな時間に」

夜、十時を少し回っていた。

「いや、俺は別に構わないよ。何か用があったのか？」

「あの後、ちゃんとお話しする機会もなかったものですから」

と、彩乃は微笑んで、「私も夜ふかしが当り前の仕事なので。少しお時間をいただいても？」

「いいよ。ちょっと酔ってるがね」

「宴会でも？」

「一つ、大きな事件の捜査が終ったんだ。それで、五、六人で飲んだ。いや、話ができないほど酔っちゃいない。どこか……」

「初めてお会いしたときに行ったスナックでどうでしょう？」

「ああ、そうだな」

駅ビルに向って歩きながら、

「相変らず忙しいのかい？」

と、尾崎は訊いた。

「そうですね。あの団地で撮ってたドラマはもう終って、今は真知子さんの出る次のドラマに……。今度は明治時代のお話なので、準備も大変です」

「そうか。こっちはいつも知らずに見てるが、ドラマの一場面撮るだけでも大変な手間なんだな。見ていて感心した」

「そうですね。みんなで夜中まで頑張っても、結果が良くないと、スポンサーから文句が来ますし。楽じゃないです」

と、彩乃は言った。

——二人は、スナックに入って、奥の席に落ちつくと、ビールを頼んだ。

「私、もう二十歳になりました」

と、彩乃は言った。

「そうか。それはおめでとう」

尾崎はビールに少し口をつけて、「それで話というのは?」

「尾崎さん、須山圭子を知ってたんですね。二十一年前から」

彩乃はビールを一口飲むと、
尾崎は一瞬目を見開いて、彩乃を見た。——それは肯定しているのと同じだった。

尾崎はゆっくり息を吐いて、

「どうして知ってるんだ、そんなこと」

と言った。

「父から聞きました」

「お父さん？」

彩乃は、父から聞いたことを話して、

「そのときのお巡りさん、あなただったんですね」

「——そうか。あのサラリーマンが……」

尾崎は小さく肯いて、「まだ巡査になりたてのころだった。あの団地の辺りに、ときどき痴漢が出たんで、巡回するようにしてた」

「どうして何も言わなかったんですか？」

「もう昔のことだよ」

と、尾崎は首を振って、「そうだろ？　君から、お祖母《ばあ》さんのことを聞いてびっくりした。あのときの事件か、と思ってね。しかし、今さら……。須山圭子だって、俺のことは憶えちゃいなかったろう」

「でも、会ったことは……」

「うん、ある。巡回しているとき、酔って倒れそうになってる彼女を見付けて、送って行った。——それだけだ」

尾崎はビールをゆっくり飲んで、「その話をしに、わざわざ？」

「ええ。あの人のこと、どうしても気になって……」

「分るよ」

と、尾崎は言った。「俺が射殺してしまったから、色々なことが分らずじまいになったしな」

「もちろん、それは感謝しています。あなたのおかげで、私、こうして生きていられるんですから」

「そう言ってくれると……」

尾崎は、少しホッとしたように、「君には恨まれたくないからな」

「恨むだなんて……」

「そういえば、あの町田って刑事はどうした？　君に惚《ほ》れてたじゃないか」

彩乃は笑って、

「私なんか、まだ子供ですよ。お互い、忙しくって」

「そうか？　まあ、亭主にするのに刑事はあまり向いてないってことは言っとこう」

「ありがとうございます、ご忠告」

二人はビールを飲み干して、席を立った。

「あ、ここは私が」

と、彩乃は言った。

「いいのか？　じゃ、ごちそうになろう」

スナックを出て、駅ビルの出口まで来ると、

「私、行く所があるので、ここで」

と、彩乃は足を止めた。「すみませんでした、わざわざ」

「いや、話ができて楽しかったよ」

と、尾崎は言った。「また、機会があったら飲もう」

「はい。でも、もう少し強くなってから」

「そうだな。じゃ、おやすみ」

「おやすみなさい」

彩乃は尾崎がのんびり歩いて行くのを見送った。そして、その姿が見えなくなると、駅前の隅の方に停っている車へと足早に向った。

車の運転席から、町田が降りて来た。

「——聞いてた？」

と、彩乃は訊いた。

「うん」

「電波が入るか、心配だったけど」

彩乃は服の襟の裏から小さなマイクを外した。

「大丈夫。ちゃんと聞こえてたよ」

と、町田は言った。

「どう思う？」

「もし三ッ橋さんが殺されたんだとしたら、須山圭子一人じゃ、とても無理だったろう。それに、梶谷のことだって……」

「もし、尾崎さんが須山圭子に力を貸したのなら、きっと二十一年前の事件のとき、何かあったのね」

「今からでも調べてみよう。ともかく三ッ橋さんの死を、曖昧なままで終らせたくない」

「尾崎さんは命の恩人だけど……」

「尾崎さんは須山圭子から君のお母さんを救った」

「ええ。それは……」

「僕の勘だが、尾崎さんは須山圭子とのつながりを絶ちたかったんじゃないかな。だから、彼女が逃げざるを得ないようにした」

「そして、私を殺そうとする須山圭子を射殺した……」

「彼女の口をふさぐことと、君を助けること。目的は二つだったかもしれない」

と、町田は言った。

「――これからどうするの？」

と、彩乃は言った。


「ここでいいわ」

と、彩乃は町田に言った。

「だけど――」

「この道、真直《まっす》ぐ行くと広い通りへ出るから」

と、シートベルトを外して、「家の前まで行くと、戻るの大変よ」

「そうか。じゃあ……」

町田の車で、家の近くまで送ってもらったのだ。

「またね」

「連絡する」

と、町田は言って、ちょっと手を上げた。

　町田の車が遠ざかるのを見送って、彩乃は歩き出した。もう夜中だ。

尾崎との話で、何か手掛りが見付かったというわけではない。町田は、三ッ橋の死について、何とか調査したいと思っているようだが、容易なことではないだろう。

彩乃も心中は複雑だった。——尾崎が命の恩人であることは事実だったし。

欠伸《あくび》が出た。眠い。明日は早いのに……。

　——突然だった。

　ピタリと後ろについた男が、

「静かにしろよ」

　と言った。

　ハッと足を止めると、

「——尾崎さん？」

「町田と話していたな」

　と、尾崎は言った。「君がマイクを外すのも見ていた」

「尾崎さん……」

「余計なことを！　もう昔の話だろう」

「須山さんもそう言いました」

「そっちへ歩け。——公園に入るんだ」

尾崎の声には、逆らいがたい凄《すご》みがあった。

小さな公園に入ると、ベンチに座らされた。

尾崎は向い合って立つと、手にした拳銃《けんじゅう》を見せて、

「撃つ気はない」

と言った。「だが、逃げたら、君のお袋さんを撃つ」

「母に手を出さないで」

「知りたいんだろう。あの二十一年前のことを」

「ええ」

「話してやる。しかし、聞いたら忘れるんだ。そうしたら、みんな無事でいられる」

彩乃はやっと少し立ち直った。

「祖母を殺したのは……」

「須山圭子だ」

「なぜ——」

「聞いたんだろう。撮影所で宝石が盗まれたことを」

「ええ。浅野さんから」

「須山圭子は困っていた。一人息子が借金で追い詰められていて、何とか金を作らなきゃいけなかった。それで何とかいうスターの宝石に、つい手を出したんだ」

「でも、見付からなかった、と……」

「素人《しろうと》が探しても見付からないところに隠すのは簡単だ。しかし、持ち帰った須山圭子は、警官の姿を見て怖くなった」

「あなたのこと？」

「ああ。ただ巡回していただけだが、盗んだ身には、捕まえに来たかと思えたんだな。団地の中で、親しくしてくれていた人の所へ、駆け込んだ」

「7号棟の302号室だ。そして、君のお祖母さんに、盗んだ指環やイヤリングを預かってくれと頼んだ」

「それが――」

と、尾崎は言った。「しかし、君のお祖母さんは、盗んだ品と聞いて怒った。そして、一緒に警察へ行こうと言った。須山圭子にとっては、思いがけないことだった。カッとした須山圭子は、とっさに包丁をつかんでお祖母さんを刺した……」

彩乃はじっと息を殺して聞いていた。

「そこへ、君のお母さんが帰って来たんだ」

「母が……。じゃ、須山圭子は家の中にいたの？」

「ああ。死体を見付けて、お母さんはショックを受けてそのまま外へ出て行った。家の中を捜したりする余裕はなかった」

　外へ飛び出たときは開けていったはずのドアは、父と戻ってきたときには閉っていた、と母が言っていた。須山圭子が中にいたからだ。

「逃げようにも、手は血に汚れている。盗んだ宝石も血で汚れていた。そのとき、足音がして、須山圭子はとっさに、宝石を隠そうとした。目の前に死体があった」

　彩乃は息を呑《の》んだ。

「それじゃ、祖母の傷口に？」

「それしか思い付かなかったんだ。包丁で胸をさらに切り裂くと、その中へ、布でくるんだ宝石を押し込んだ。そして、また身を隠した」

「母が父と二人で戻ったときも、彼女は家の中に……」

「一一〇番して、二人が外へ出て行った。須山圭子はパトカーが来る前に、宝石を取り出して逃げようとしたが……。そこへ、思いがけず、警官が入って来たんだ」

「それがあなただったのね……」

「表で、君の両親に会って、俺は３０２号室へ入ってみた。——そこで宝石を血だらけの手でつかんだ須山圭子と出くわしたんだ」

と、尾崎は言った。「俺は若くて、金が欲しかった。突然貧しい暮しに落とされて、巡査にはなったが、薄給で、食べていくのも大変だった。須山圭子は、呆然《ぼうぜん》と突っ立ってる俺に、宝石を見せて、二人で分けようと言った……」

尾崎は淡々と話していた。

「俺は承知した。そして、宝石は制服に隠して持ち出すことにした。しかし、一旦《いったん》、血を洗い流さなきゃならなかった。急いで洗って、ビニール袋に入れた」

「あなたが宝石を持ち出したの」

「そうだ。それから、須山圭子を逃がさなくちゃならなかった。――外へ出たときは、もちろん緊張で青くなっていただろう。パトカーが来るのを見て、俺はそっちの方へと駆け出した。当然、二人の目もパトカーの方へ向く。そのわずかな隙《すき》に、須山圭子は7号棟から逃げ出して、暗がりへと駆け込んだ……」

尾崎はちょっと息をついて、「俺の懐《ふところ》にはビニール袋に入れた宝石が入っていた」

「お金になったんですか、本当に？」

「ああ。あの女優は見栄張《みえっぱ》りだったかもしれないが、本当にいい宝石を持っていたよ。須山圭子が、どこでどうルートを付けたのか知らないが、俺が思っていた以上にいい値で売って、金はきっちりと山分けした」

と、尾崎は言った。「俺も助かった。あの金がなかったら、警察官などやっていられなかったろう」

「でも――あなたは殺人犯を見逃したんですよ」

「分ってる」

と、尾崎は肯《うなず》いた。「だから、こうして正直に話した。君と、君の母親を救ったのは、二十一年前の償いだと思ってほしかったからだ」

「尾崎さん……」

「無理を言ってることは分ってる。しかし、君があの団地へロケ隊を連れて来なかったらどうだ？　すべては埋れたままだったんだよ」

「私のせいだと言うんですか」

「ある意味ではね」

「そんな……。でも、尾崎さん。それだけじゃないでしょう。梶谷さんの死は？　そして三ッ橋刑事のことは？」

「三ッ橋か……」

と、尾崎は呟《つぶや》くように、「あのとき、パトカーで駆けつけて来たのが三ッ橋だった」

「三ッ橋さんはどうして死んだんですか？」

「俺はやっていない。——須山圭子のことを三ッ橋が怪しむようになったのは、君があそこへ行ったからだ」

「須山圭子がやったんですか？」

「さあ……。どうかな」

と、尾崎は言った。「俺は、須山圭子と、ずっと縁を切っていた。お互い、忘れることにしていたんだ。ところが、突然、須山圭子が連絡して来た。——団地へ来てくれと言って」

「彼女の部屋へ？」

「ああ。行ってみると、三ッ橋が死んでいた。——三ッ橋が訪ねて来て、昔の事件の話をしているとき、突然発作を起して、死んでしまったと言った」

「本当だったんですか？」

「分らない。死因は発作だったとしても、須山圭子が何かしたのかもしれない。それはもう確かめられない」

「それで……」

「彼女は、過去の事件がむし返されるのを恐れていた。それで、ともかく三ッ橋が彼女の所で死んだのではないことにしたい、と言った。――拒むわけにもいかず、俺は車で三ッ橋の死体を運んだ。それだけだ」

「梶谷さんは？」

「事故だと須山圭子は言っていたよ」

「でも――」

「須山圭子の部屋から、俺たちが三ッ橋を運び出すのを、梶谷は見ていたんだ。須山圭子からこづかいをせびり始めていた……」

「じゃ、須山圭子が踏切に？」

「あり得ることだ」

と、尾崎は肯いた。「しかし、本当はどうだったのか、俺は知らない」

「私の首を絞めたのは、あなた？」

「ああ。むろん脅すだけのつもりだった。わざとぼろぼろの靴を置いて、足を引きずって歩いて。君が怯《おび》えて手を引くだろうと思ったが……」

「尾崎さん。すべて闇《やみ》に葬《ほうむ》れと言うんですか？」

「そうしてくれ。俺は君やお母さんに危害は加えたくない。自分が助けた人を殺したくない」

彩乃は、何とも言えなかった。――たとえ我が身の保身のためとはいえ、尾崎が母と彩乃の命を救ったのは事実だ。

「――分ってくれ」

と、尾崎は言った。「あの町田って刑事に言ってほしい。もう昔のことは忘れることにした、と」

彩乃はじっと尾崎を見つめて、

「お約束はできません」

と言った。

「だが、黙っていることはできるだろ？」

と、尾崎は言って、「俺に何もさせないでくれ」

「黙っていない、と言えば私を撃ちますか」

「そうしなければならないなら」

と、尾崎は肯いた。

そのとき、

「殺すなら、二人殺さなくちゃなりませんよ」

と、声がした。

彩乃は驚いて、

「町田さん！」

――町田が公園の前に立っていた。

「何しに戻って来た！」

と、尾崎が言った。

「大した用じゃありませんよ」

と、町田は言った。「彩乃君、君のケータイが車の中に落ちてたんだ」

「え……」

「お母さんがかけて来たんで、分った。君に返そうと思って戻ったんだ。戻って来て良かった」

「でも、町田さん……」

「尾崎さん」

と、町田はしっかり足を踏ん張って立つと、「僕は拳銃を持ってない。撃つなら撃ちなさい。その代り、一人じゃ済まない。二人を撃たなくちゃいけないんですよ」

と、くり返した。

「ヒーローになったつもりか！」

尾崎は苛立《いらだ》っていた。

「いいえ。でも、先輩の死を放ってはおけません」

「余計なことを！」

尾崎は銃口を町田へ向けた。

「やめて！」

と、彩乃は叫んだ。「町田さん、逃げて！」

「そんなことできるか」

と、町田は言った。「一緒に死ぬか、一緒に生きるかだ」

尾崎が汗をかいていることに、彩乃は気付いた。――追い詰められているのは、尾崎の方なのだ。

「余計なことを！」

と、尾崎はもう一度言った。

そして、銃声が一度、響き渡った。

エピローグ

美しい晴天だった。

「ロケ日和《びより》だ」

と、スタッフの誰もが喜んでいた。

ただ一人、ディレクターの大津だけが、

「どんより曇ってなきゃ困るんだ」

と、文句を言っていたが、

「どしゃ降りよりいいでしょ」

と、真知子に言われて、苦笑するばかりだった。

川沿いの土手の道に、カメラを置いて、のんびり歩いて来る真知子を撮る。

「日焼けしちゃうわ。日傘」

と、真知子に言われて、すぐに持って行く。

「——気が利《き》くわね」

と、真知子はニッコリ笑った。

「これぐらい慣れないと」

と、彩乃は言った。

カメラが回るときには日傘を引き取らねばならないので、彩乃はそのまま土手の道に立っていた。

「——あら珍しい」

と、真知子が言った。

浅野昌治がやって来たのだ。

「あなた、このドラマにも出るんだっけ？」

「いや、残念ながら、老人の役は少なくてね」

と、浅野は言った。「見物に来たんだ」

「彩乃ちゃんに会いに、じゃないの？」

「それもある」

と、浅野は肯いて、「いや……。昔のことを思い出してね。あの事件が眠りからさめたせいで、君はとんでもない目にあったんだね」

「いいえ。はっきりして良かったんです」

と、彩乃は言った。

「僕が余計なことを言ったのかという気がしてね」

「それ、やめて下さい」

と、急いで言った。

「それ、って？」

「『余計なこと』って言葉です。尾崎刑事も最後にそう言ったんです」

「そうか。――自分でこめかみに弾丸を撃ち込んだんだね」

彩乃は黙って肯いた。

なぜ、尾崎は彩乃と町田を撃たなかったのか？　――後で町田が言った。

「尾崎さんの銃には、弾丸が一発しか入ってなかった」

二人は殺せない、と悟って、自ら命を絶ったのか。それとも初めから、ああするつもりだったのか。

「君に伝言がある」

と、浅野が言った。

「伝言？」

「舞台に戻る気はないか、と只野からね」

「え？」

彩乃は目を丸くして、「〈風祭〉の只野さんをご存知なんですか？」

「昔、同じ劇団で、あいつは入団したての後輩だったことがある」

「狭い世界なのよ」

と、真知子が言った。「でも、おあいにくさま。今、この子に辞められたら私が困るわ」

「ずっと付人をやってるつもりかい？」

「さあ……。突然そう言われても」

真知子は笑顔になって、

「今、あなたは修業中なの。まだまだ先は長いわ」

「はい」

「しかし、僕はそう長くないぜ」

と、浅野は言った。「生きてる内に、君の芝居を見たいね」

「そのときが来た、と思ったら私がちゃんと言うわ」

と、真知子は言った。

「真知子さん……」

「付人で終る子じゃない。それは初めから分ってた。秀哉にもそう言ったわ」

「秀哉さんは……」

「秀哉もいるし、あの町田って刑事さんもいる。それが若いってことよ」

「はい、分っています」

「私、余計なこと言ったかしら。——あ、ごめんなさい！」

「いいんです」

と、彩乃は首を振って、「生きるって、余計なことが沢山積み重なってできてるんですよね」

「ちょっと。それって二十歳《はたち》の子の言葉じゃないわよ」

と、真知子は笑って言った。

そこへ、

「おーい！　本番だ！」

と、大津の声がした。

彩乃は素早く真知子の手から日傘を受け取ると、カメラに入らない位置まで、土手を下って行った。

「気の利く付人」は、真知子がそろそろお茶を一口飲みたがるころだと思っていた。

解説

大矢博子

「生きるって、余計なことが沢山積み重なってできてるんですよね」
物語の終盤で、ヒロインの彩乃が口にした言葉である。これを読んだとき、気持ちがふっと軽くなった気がした。

いい言葉だなあ。

赤川次郎といえばユーモアミステリ、と一般に思われているが、ファンならご存知の通り、実は描かれる事件やその真相はけっこうブラックだったり重かったりするものが多い。後味の悪いものだってあるのだ。だが大抵の場合、それを軽やかな語り口と明るいキャラクターで包むことで、読み心地のいい物語に仕上げているのである。

この手法は初期からの著者の持ち味と言っていい。デビューしてまだ五年という若手の時代、赤川氏はエッセイにこう書いている。

「僕の作品はユーモア・ミステリーと呼ばれることが多いのですが、作者としてはあまりその意識はありません。ただ、重苦しい犯罪を扱うのですから、その救いとして、多少軽妙な味つけを、と思っているのです」（早川書房「ミステリマガジン」一九八一年五月号）

このエッセイは後に『ぼくのミステリ作法』（早川書房）にまとめられ、現在は電子書籍として角川文庫版と徳間文庫版が流通している。タイトル通り、若き日の赤川氏がミステリについてどのように考え、どのように書いていたかが、多くの具体例を挙げながら語られているので、興味のある方はぜひご一読を。

もちろん、四十年近く前のエッセイなので、今となっては色々と変わった部分も多いだろう。だが「重苦しい犯罪を扱うのですから、その救いとして」という意識は、おそらく今も変わっていないと思われる。そのバランス感覚こそが、赤川次郎を稀代《きたい》のストーリーテラーに押し上げた秘訣《ひけつ》に他ならないからだ。

そしてその変わらぬバランス感覚が十全に発揮されているのが、本書『7番街の殺人』なのである。

主人公は十九歳の三枝彩乃。舞台女優を目指していたが、母が倒れたことで夢を

（一時的に）断念し、女優・中原真知子の付き人として働くことになった。

ある日彩乃は、自分が生まれる前——二十一年前に死んだ母方の祖母が、実は未解決殺人事件の被害者だったことを知る。そして思わぬ巡り合わせで、その殺害現場だった団地でドラマのロケを行うことに。すると撮影が進むにつれて不審な死亡事件が続けざまに起きた。これは二十一年前の事件と何か関係があるのか？

——というのが物語のアウトラインだが、実はその「不審な死亡事件」が起きるのは、物語のちょうど半分くらいのところである。プロローグで二十一年前の事件が少しだけ語られるものの、それを除けば、ミステリにしては事件発生までがかなり長いと言っていいだろう。

だが、まったく飽きさせない。序盤から彩乃に波瀾《はらん》万丈な運命が押し寄せるからだ。まず母の突然の大病。手術、そして入院。そんなときに父親が浮気相手と失踪《しっそう》してしまう。稼ぎ手がいなくなり、母の病気も生活もすべて彩乃にふりかかる。仕方なく夢だった舞台女優をあきらめ家に戻る決意をしたが、半同棲《はんどうせい》していた劇団主宰者との話がこじれ、辛《つら》い形で別れることに……。

ほんの一週間かそこらのうちに、人が一生で体験するほどの不幸がまだ二十歳《はたち》にもならない娘の上に次々押し寄せるわけで、読みながら「もうやめてあげて！」と叫びたくなった。なんだこの不幸の波状攻撃は。

しかし、その一方で助けてくれる人が現れる。仕事を世話してくれる人がいて、失踪した父について情報をくれる人がいて、何くれと気遣ってくれる刑事がいて。しかも彩乃、けっこうモテたりもして。

不幸だけなら、重くなりすぎる。幸運だけなら、都合が良すぎる。けれどそれが合わさることで、彩乃の不幸が緩和されてほっとするのだ。救いを感じるのだ。過剰に重くならず、「わあ、たいへんだ。でも何とかなる、きっと大丈夫！」と思って読み進められるのだ。

これがバランスである。

もちろん、幸不幸の配分だけではない。主人公の彩乃の魅力がそこにプラスされる。赤川作品の多くのヒロインがそうであるように、彩乃は明るくて前向きだ。母が倒れても父が逃げても、そうなっちゃったものは仕方ない、自分がやるしかないと、スパッと決断して行動する。骨惜しみせず仕事をして、周囲に可愛《かわい》がられる。揺らがず、ブレず、今できること、今すべきことを、きちんと、一生懸命やる。そんな彩乃だから、辛いことが続いても読者は正面から応援したくなるのである。

そうして読みながら気づくのだ。この物語に描かれるたくさんの不幸、たくさんの幸せ、辛いこと、楽しいこと、助けてくれる人、裏切る人、出会い、別れ、恨み、信頼、恋、病気、死、誕生……これって人生そのものじゃないか、と。短い期間で話がどんどん展開するのでとても凝縮されてはいるが、これはあきらかに人生の描写なのである。悲しいことがあれば嬉《うれ》しいこともあるし、辛い出来事の中に幸せの入り口が隠れていることもある。人生はトータルでバランスがとれているのだと、そしてそのバランスは本人次第でいくらでも幸せの方に傾けられるのだと、この物語から伝わってくるのだ。

波瀾万丈の日々をくぐり抜け、衝撃の事実を経たあとで、彩乃は言う。

「生きるって、余計なことが沢山積み重なってできてるんですよね」

なんと清々《すがすが》しく、なんと力強い言葉だろう。

さて、人生は余計なことの積み重ねだが、ミステリはどうだろう。

あまりに多いエピソード、あまりに多い登場人物、そして二十一年というあまりに長いスパンの事件。余計といえばどれもこれも余計に見える（失礼）のだが、いやはや、真相がわかったときには、「そういうことだったかあ！」とのけぞった。

だが、読み終わったあとで冷静に考えてみれば、犯人はその人しかあり得ない、のである。だってあの時……いや、それをここで明かすのはやめておこう。だが、条件を考えればかなり絞れるのだ。なのに「意外な真相」として驚いてしまうのは、一見余計なことに見えたあれやこれやが、実は重要なヒントだったり、逆に真相から読者の目を遠ざける目くらましだったりと、実に有機的に機能しているからに他ならない。伏線とミスディレクション。これもバランスだ。

そして何より本書で注目すべきは、謎《なぞ》とサスペンスにいろどられたミステリの側面と、彩乃の青春小説という側面のバランスにある。相次ぐ不幸や残虐《ざんぎゃく》な事件を扱いながら本書の読後感がとても清々しいのは、青春小説として魅力的だからなのだ。

人生は余計なことの積み重ねでできている、と彩乃は言う。だが別れが次の出会いを生み、トラブルが成長を促すように、余計ではあっても無駄なものは何一つない。これはそのまま本書に通じる。

序盤からめまぐるしく動くこの物語は、時として、余計なことの積み重ねに見えるかもしれない。確かに、読者（とヒロイン）の息を抜くために――つまりは重苦しさを緩和する救いとして、ときどき敢《あ》えて「余計なこと」を入れるケースがある。ミステリの手法として、目くらましのための「余計なこと」をわざと挿入することもある。つまり、狙《ねら》いがある。どれも余計に見えて、実は何一つ無駄はないのだ。人生に何一つ無駄がないのと同じように。

この物語は短い期間に人生を凝縮したものだと先に書いた。そしてその人生とは、愛すべき「余計なことの積み重ね」だ。この「余計なことの積み重ね」にして無駄のないミステリを、どうかたっぷり楽しんでいただきたい。それはきっと、あなた自身の「余計なこと」を愛《いと》おしむことにつながるはずだから。

（令和元年十二月、書評家）

この作品は平成二十九年五月新潮社より刊行された。

赤川次郎著
子子家庭は危機一髪

両親が同じ日に家出!? 泥棒に狙われたり刑事に尾行されたりで、姉弟二人の〝子子家庭〟は今日も大忙し！ 小学生主婦律子が大活躍。

赤川次郎著
ふ た り

交通事故で死んだはずの姉の声が、突然、頭の中に聞こえてきた時から、千津子と実加、二人の姉妹の奇妙な共同生活が始まった……。

赤川次郎著
一億円もらったら

「一億円、差し上げます！」大富豪の老人と青年秘書の名コンビが始めた趣向で、突然大金を手にした男女五人をめぐる人生ドラマ。

赤川次郎著
月光の誘惑

16歳の涼子はピアノ発表会の練習に励む毎日。だが、修学旅行のバス事故を皮切りに次々不審な出来事が。一気読み必至のサスペンス！

朝井リョウ・飛鳥井千砂
越谷オサム・坂木司
徳永圭・似鳥鶏
三上延・吉川トリコ著
この部屋で君と

腐れ縁の恋人同士、傷心の青年と幼い少女、妖怪と僕!? さまざまなシチュエーションで何かが起きるひとつ屋根の下《ふたりぐらし》アンソロジー。

芦沢央著
許されようとは思いません

入社三年目、いつも最下位だった営業成績が大きく上がった修哉。だが、何かがおかしい。どんでん返し100％のミステリー短編集。

7番《ばん》街《がい》の殺《さつ》人《じん》

新潮文庫　あ－13－46

令和二年二月一日発行

著者　赤《あか》川《がわ》次《じ》郎《ろう》

発行者　佐藤隆信

発行所　株式会社　新潮社

郵便番号　一六二―八七一一
東京都新宿区矢来町七一
電話　編集部(〇三)三二六六―五四四〇
　　　読者係(〇三)三二六六―五一一一
https://www.shinchosha.co.jp

価格はカバーに表示してあります。

乱丁・落丁本は、ご面倒ですが小社読者係宛ご送付ください。送料小社負担にてお取替えいたします。

印刷・大日本印刷株式会社　製本・加藤製本株式会社

ISBN978-4-10-132748-8 C0193